Tag- & Nachtwaerke

Kurzgeschichten

Tag- & Nachtwaerke

Kurzgeschichten
aus dem
NachtwärtZ-Verlag

Originalausgabe
1te Auflage 2004

Tag- & Nachtwaerke
Kurzgeschichten
NachtwärtZ-Verlag, 2004
ISBN 3-934521-05-3

Ausstattung & Gesamtherstellung:
Majuskel Medienproduktion GmbH, Wetzlar
www. digitalakrobaten. de

Impressum:
NachtwärtZ-Verlag
Pischekstr. 21
70184 Stuttgart
A. Müller

Foto: Magic Zyks
www. magiczyks. de

Inhalt

Tag- & Nachtwaerke

Tagwaerke

Nachtwaerke

Gedichte

Vorwort

Tag- und Nachtwaerke« ist der Titel dieses Kurzgeschichtenbandes. Dieser Doppelname soll Synonym sein für die beiden Gesichter des Sadomasochismus in der Literatur.

Die Tagwaerke – lustig, mit einem Augenzwinkern, kurzweilig, ironisch, liebevoll.

Die Nachtwaerke – Horror, beängstigend, nachdenklich machend, romantisch.

Die Autoren kommen größtenteils aus der SM-Szene und schreiben für die Szene. Dieser Kurzgeschichtenband ist der ernsthafte Versuch ihre Fantasien und Geschichten einer größeren Öffentlichkeit vorzustellen.

So unterschiedlich die Fantasien der Autoren sind, so verschieden sind auch ihre Schreibstile. Wir haben bei der Auswahl der Geschichten bewusst versucht, das ganze Spektrum des Schreibens zu berücksichtigen. Der fein-stilisierte Literat trifft auf die groben Worte des Kopfkinobetrachters und der blumenhafte Erzähler ist vereint mit den Phantasien des kühlen Voyeurs.

Ab und an hat uns die Fantasie des Autors fasziniert, dann wieder das Spiel mit wohlgesetzten Worten... ein Blumenstrauß eben.

Aber jede und jeder Einzelne von ihnen hat etwas zu erzählen; manchmal authentisch und biografisch, dann wieder nicht erlebte Phantasie und Wunschgebilde ... wir wünschen viel Spaß beim Lesen.

Die Redaktion

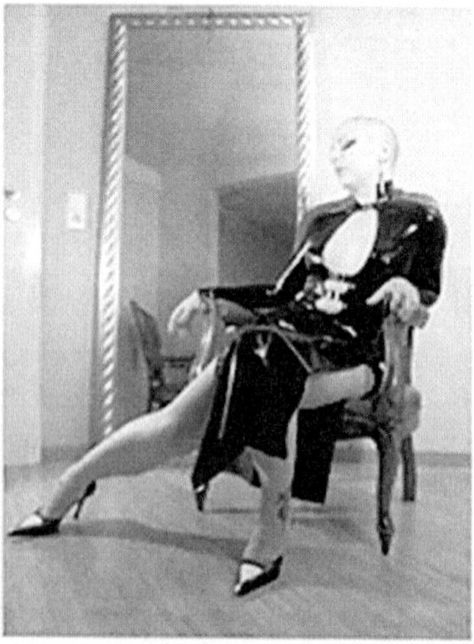

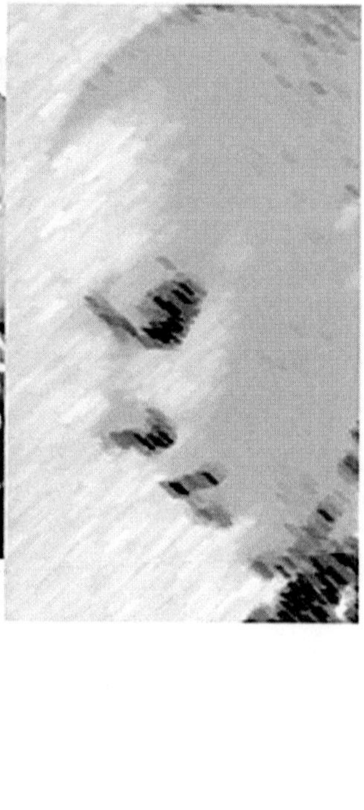

In Gedenken an Crepax

Der italienische Comiczeichner wurde am 15. 7. 1933 in Mailand geboren. Er war schon zu Lebzeiten ein Klassiker der SM-erotischen Comicszene. Nur Wenigen ist dies schon zu Lebzeiten vergönnt gewesen. Neben der Umsetzung von der »Geschichte der O«, »Justine« und »Emmanuelle« erschuf er auch »Valentina«, eines der bekanntesten Bondagecomics der Szene. International wurde Crepax mit mehreren Kunstpreisen ausgezeichnet und genießt hohes Ansehen. In Deutschland ist er indiziert! Den Einfluss von John Willie auf seine Werke hat Crepax nie geleugnet. Seine Zeichnungen sind allerdings gröber und nicht so plakativ wie die eines Willie oder so fein entwickelt wie die eines Götha oder Pichard.

Seine Muse war Louise Brooks, eine amerikanische Schauspielerin, die in den 20er und 30er Jahren in mehreren Hollywoodfilmen die Hauptrolle spielte. Die Figur der Valentina übertraf an Popularität bei weitem die der Schauspielerin. Ohne Crepax würde heute wohl keiner mehr etwas mit dem Namen Louise Brooks anfangen können.

Crepax Kunst ist eine avantgardistische Leistung, die vor allem in der Verbindung von filmischen Techniken mit der Zeichenkunst besteht. Vor Crepax war die Struktur der Abenteuercomics immer gleich. Die Handlung wurde stringent in einheitlich großen Bildern erzählt. Das Auge des Lesers konnte sich auf die Bilder »einstellen«. Crepax dagegen variierte Größe und Form, legte die Bilder übereinander und erzeugte so eine Eigendynamik der Bilder, die der Geschichte fast schon filmisches Leben einhauchte. In seinen Werken finden sich Effekte, die Kamerafahrten, Schwenks und Zooms entsprechen. Ein Gang Valentinas durch eine Szene beginnt in der Halbtotalen, danach wandert der Bildausschnitt immer höher, bis ihr Gesicht ein Kästchen ausfüllt...

Crepax ließ immer wieder Motive aus Films und Kunst in seine Geschichten einfließen. Valentina löst sich in einem Kandinsky-Bild auf oder verwandelt sich in eine Figur im Stile Picassos.

Am 29. Juli 2003 ist Crepax nach schwerer Krankheit im Alter von 70 Jahren in Mailand gestorben.

Tagwaerke

Seifenblasen

Elements_07

Der Tag war lang und sehr anstrengend. Keine Sekunde ist das hektische und laut geschäftige Bürochaos ohne Roses Elangeist und herzhaft tatkräftiges Zutun ausgekommen. Doch ihre innere Struktur und den dazugehörigen Kopf hat Rose wohl nach dem schrillen Weckerklingeln am Morgen auf dem samtnachtblauen Kopfkissen vergessen. Nur ihre körperliche Hülle ist mit einem ständigen und unbestimmten Gefühl der wächsern wachsamen und elektrisierenden Anspannung auf der Haut im Büro anwesend gewesen.

Klick... Surr... Alannah-Myles-Power-Musik-Töne beben die Lautsprecherboxen der Wohnzimmermusikanlage in Roses Domizil. Sie erobern in Sekundenbruchteilen den inzwischen abenddämmrigen, frühsommerwarmen Vier-Wände-Äther. Sie erobern die feierabendlich lüftenden, offenen Fensterhöhlungen und besetzen den nachbarschaftlichen Bürgersteig.

Aus dem Bad quillt ein wohltuender Aloe-Vera-Duft in die Wohnung und umschmeichelt liebenswürdig die energiegeladenen, wilden Musik-Töne der Stereoanlage. Begleitet wird das Schauspiel vom quirlig rauschenden, sprudelnden Badewasser-Einlass-Geräusch, das sich seinen Weg aus der Fliesenwand in die 70-er Jahre Ossi-Badewanne sucht.

Die Büro-Klamotte fällt von Rose ab, wie der Tag selbst. Unschuldig berührt und vom Kerzenlicht gestreichelt, steigt sie in die schaumüberquellende Badewanne. Dabei erfüllen zerplatzende Seifenblasengeräusche, die wie Sektkorken knallen, den Raum und hallen von den Kacheln leise flüsternd wider.

Bis zum Kinn steckt Rose in dieser wohlduftenden, wispernden und weißen Blasenmasse. Ihre Augen sind freiwillig geschlossen und nicht verbunden. Sie will dem flüsternden Sektkorkenknallen lauschen. Sie will ...

Sie will ihr Feuer der Leidenschaft, der Hingabe und des Fallens in seine Arme mit ihrem Herzen spüren. Sie will leben. Sie will lieben. Sie will ihre Seele und ihren Körper spüren. Sie will die Gewissheit haben, dass ihr der Hintern am nächsten Morgen beim Sitzen ganz demütig schmerzen wird. Sie will sich sicher sein, dass ihr der morgendlich nackte Blick in den Spiegel die rot gestriemten und gemusterten Blessuren der Dunklen Nacht zeigen wird. Sie will erleben, dass ihre Augen sie stolzen Glanzes anschauen werden und ungeduldig nach viel mehr verlangen. Sie will spüren, dass ihr die Hand- und Fußgelenke genau sagen können, warum das böse Mädchen mal wieder über Nacht mit den hassgeliebten Lederfesseln ans Bett gebunden wurde. Sie will wissen, dass ihr der noch im Raum schwebende Latex-Leder-Lack-Partygeruch der verruchten letzten Nacht ganz genau von ihren Abgründen und ihren Sehnsüchten und denen der anderen erzählt. Sie will ...

»Ach, mein Gott!!! Ich will so vieles!«, denkt Roses Verstand und lächelt ein ungeduldiges Lippenlächeln in das schummrige Kerzenlicht der Badfliesenspiegelung hinein.

Die aus dem Wohnzimmer ins Bad hinüber schwappende Alannah-Myles-Musik-Orgie kabbelt sich mit dem Seifenblasenchaotenhaufen der Badewanne und löst eine kleine, korkenknallende Revolution aus. Dabei streicheln mollig warme Duftwallungen sanft und fordernd Roses Sinne, zaubern ihre noch vorhandene Tagesmüdigkeit hinweg und fordern sie unwiderstehlich kitzelnd zu Schandtaten heraus.

Klick... Ruhe... Nur noch die Sektkorken sind zu hören. Leichte Haderschmolldenkfalten erobern sich Roses Stirn und unterhalten sich angeregt miteinander: »Mist... Ich hab vergessen, den Wiederholungsmodus am CD-Wechsler einzustellen... Och menno... und die Fernbedienung liegt natürlich im Wohnzimmer auf dem Fensterbrett... Scheiße! ... Jetzt muss ich doch tatsächlich raus aus dem warmen Wasser, nur um die CD diesmal in der Endlosschleife wieder in Gang zu bringen – ist ja auch nur 'ne Maxi...« Das Orchester der Seifenblasensektkorkenknaller scheint Roses Dussligkeit frech auslachen zu wollen. Sie flöten ihr aberwitzig »Was Frau (man) nicht im Kopf hat, hat man(n) in den Beinen!«, ins schaumbedeckte Ohr.

Sekundenbruchteile später ... wieder ein leises Surren aus dem Wohnzimmer. Rose hat schon fast das Ringen mit dem inneren Schweinehund überwunden und will sich gerade aus dem molligen Bad erheben. Da dringen urplötzlich dumpf wogende, nebelbedeckte Musik-Töne aus den Lautsprecherboxen nebenan. Diese unterbinden zumindest für einen Momentaugenblick dominant leise das freche Orchester aus Sektkorkenknallern, um Rose mit einem sanft bestimmenden Schulterdruck in der heimeligen Traum-Wasser-Schaumburg der Badewanne zu belassen.

»La Salle Blanche...«, schießt es Rose kugelblitzartig durch den Kopf und hinterlässt einen langen Donnernachhall im Gedankenirrgarten... Roses Kopftür fällt mit einem dröhnenden Knall ins Schloss und hält sie fest in der Welt der vergrabenen Erinnerungen, der sehnsüchtigen Wünsche und der unbefriedigten Lust. Für den Moment ist sie die genussvolle Gefangene im »weißen Saal« und die bereitwillige Zofe am »Ring der Macht«.

Rose spürt das letztjährige, trotzig kalte Abschiedssommergewitter auf ihrer erschauerten Gänsehaut. Das Frösteln holt verblasste Erinnerungen an damals ins Jetzt zurück und füllt diese mit lebendig bunten Heute-Farben wieder auf. Sie denkt an ihn und ihren beiderseitigen Abschied aus einer gemeinsamen Welt für ein zeitweiliges immer.

Erinnerung an das verruchte Spiel ihrer beider schwarzen Seelen. Erinnerung an die Kleinode der Lust im andersfeindlichen Masken-Alltag. Erinnerung an die herzzerreißenden Diskussionen, was sein kann/darf und was eben nicht. Erinnerung an das Kinderlachen, wenn er mal versehentlich ihre kitzlige Tagesform erwischte und damit ein ernsthaftes Sie-(be-)dient-ihn-Rollenspiel fast unmöglich machte. Erinnerung an die Tränen, wenn sie mehr wollte, als sie gewährleisten konnte oder als er geben konnte. Erinnerung an die Sonne, die beiden die Haut wärmte, als sie im Getreidefeld der Unschuld badeten. Erinnerung an die angstvollen Augenblicke, wenn er mehr im Spiel wollte, als sie mit ihren Aber-Grenzen abdecken konnte, ihr dabei wirklich weh tat aber im gleichen Atemzug geniale Lust verschaffte. Erinnerung an versteckspielende Momente auf dem Familienbesuch. Erinnerung an zungenbissige Momente mit seiner anderen Freundin. Erinnerung an einsame Stunden im nächtlichen Zweifel. Erinnerung an schwache Momente der Verlassenheit. Erinnerung an so vieles.

Die regenrauschenden, kühl prickelnden Wasserhände umspülen Roses Haut launisch peitschend bis einfühlsam streichelnd im störrisch losgebrochenen, schwülen Frühsommerwärmegewitter. Ihre Sinne fliegen zwischen den nassen Tropfen auf ihrer Haut. Sie fühlt das Regen-Händemeer, das sie zwischen dem Lustmartyrium und der Schmerzpein allgegenwärtig – hier und dort – berührt. Sie ist die Sklavin der Gewitterhände. Sie ist die Zofe des eigenen Händeweg ins glühende Lustzentrum. Sie streichelt sich selbst über die Tiefen der Erinnerung hin zu den Höhen des Heute und der Zukunft hinweg.

Das Sektkorkenknallen der Seifenblasen ist wieder in Roses Ohr zurück gekehrt. Es füllt alles in ihr aus und schmeichelt ihr auf schamlose, aber sehr erfrischende Weise. Sie kann den Schalk der Tonlagen heraushören und hat für heute die Erinnerungen an damals im Griff... Schon wieder ... genau wie damals ... hat er (bzw. die Erinnerung an das was war) sie aus ihrem Versteck gekitzelt.

Das Spiel der Wasserwellen aus Vorstoß und Rückzug – mal offensive Defensive und mal defensive Offensive – hat Rose bis zur Hypnose fasziniert, allerdings schon längst im verflossenen Höhepunkt der Lust ad Acta gelegt. Sie tummelt sich noch träge und ganz gedankenverloren im lauwarmen und restschaumigen Badewasser herum. Die Sektkorkenknaller sind nach Hause gegangen. Und der gebirgige Badeschaum trägt nur noch Restbestände. Nur der Duft, die Musik in den letzten Atemzügen der CD-Player-Umdrehungen und das Kerzenlicht sind mit felsenfester Überzeugung geblieben und erfüllen die ganze Wohnung.

Das Telefon klingelt. Rose schreckt aus ihren Gedanken hoch und entspringt eilends der Badewanne, ohne auf eventuelle Wasserpfützen durch ihre Körpernässe zu achten und ohne die schon vom getummelten Bad verursachte, überschwemmende Nässe auf den Fliesen zu bemerken.

Triefend nass steht sie mit dem Telefonhörer in der Hand mitten im Wohnzimmer und hinterlässt ein Lache aus Wasser und Schaumresten auf dem Teppich. Die Stimme am anderen Ende der Leitung regt sich künstlich darüber auf, dass Wasser von der Zimmerdecke tropfen würde. und wenn sie weiterhin seine unbescholtene Deckennachbarin bleiben wolle, solle sie in Zukunft die Wanne gefälligst nicht so voll laufen lassen.

Ganz verdattert steht Rose mitten in der Wohnung, beginnt innerlich zu lachen und zu strahlen. In die Muschel des Telefonhörers sagt sie nur staubtrocken: »Ich bin verliebt«, und legt auf.

Sie

Woschofius

Ich beobachtete den Regen, der langsam an den Fensterscheiben meines Wohnzimmers hinab lief und seltsam unterbrochene Muster auf das Glas zeichnete. Die Fenster mussten dringend mal wieder geputzt werden. Die Wasserrinnsale brachen die ebenmäßige Oberfläche des Schmutzes auf und schienen mich zu verhöhnen. Ich hatte noch einige Minuten Zeit, bis die Einbestellte an meiner Haustüre zu klingeln hatte. Eine Kontaktanzeige war der Beginn einer Brieffreundschaft gewesen, die schließlich zu diesem Treffen geführt hatte.

Sie war auf der Suche nach einem dominanten Herrn, der wusste, was er wollte.

So oft schon hatte ich diesen Satz gelesen, und genauso oft hatte es nicht funktioniert. Leere Versprechungen, Rückzieher... aber diesmal würde es funktionieren. Wir hatten zig Briefe geschrieben, zigmal miteinander telefoniert und auch Bilder ausgetauscht. SIE musste es sein.

In unseren Briefen hatte ich ihr beschrieben, wie ich sie fesseln und schlagen würde, wie ich sie dann nehmen würde, wie jede Faser ihres Körpers voller Lust und Leidenschaft zucken sollte. Gut, ich hatte diese Fantasien noch nie ausgelebt – außer in meinen Masturbationsfantasien, wenn sich meine Hand allabendlich unter die Bettdecke schlich. Aber die natürliche Nervosität die sich langsam einstellen wollte, hatte ich doch im Griff.

Noch zehn Minuten.

Ich hatte ihr klare Anweisungen gegeben was sie zu tragen hatte. Einen langen Mantel, halterlose Strümpfe, Pumps... und sonst nichts. Ok, diese Idee hatte ich aus einem Buch geklaut, aber sie schien mir gut geeignet, klare Verhältnisse zu schaffen. Ich würde sie hinknien lassen, und sie sollte mir die Füße zur Begrüßung küssen. Dann wollte ich sie nackt sehen, sie umrunden, wie ein Löwe sein Opfer, um sie dann am ganzen Körper abzutasten... zu erkunden. Sie würde sich lustvoll unter meinen Liebkosungen winden.

Die Seile und den Deckenhaken hatte ich bereits vorbereitet. Nackt würde sie sein, die Hände nach oben gefesselt, und das Pfeifen meiner

Reitgerte würde die Luft durchschneiden, und ihr Lächeln würde erstarren, um dann der Hingabe zu weichen.

Ich wollte sie unter jedem Hieb zucken sehn.

Noch drei Minuten. Ich hätte doch nicht soviel Obst essen sollen. Nun machte sich mein Magen bemerkbar.

Wollte mir die Nervosität kurz vor dem Ziel meiner Begierden einen Streich spielen? Ich sah mich schon permanent auf Toilette rennen, während sie darauf wartete, von mir dominiert zu werden.

Mit der Hand wischte ich mir den Schweiß von der Stirn, der sich wie aus dem Nichts gebildet hatte. Ich schaute auf meine Hand und spürte, wie meine Finger leicht zitterten.

Jetzt könnte sie aber langsam kommen. Ich schaute mich nochmals im Spiegel an und fuhr nervös mit den Fingern durch meine Haare.

Ich malte mir aus, wie ich sie dann auf den Boden zwingen würde, den Po herausgestreckt und ihre Vulva weit geöffnet, bereit mich aufzunehmen.

Ich hoffe, sie merkt nicht, dass es für mich das erste Mal ist – das erste Mal, dass ich eine Frau dominieren würde.

Zugegeben, ich hatte bei unseren Gesprächen ein bisschen mit meiner Erfahrung übertrieben, aber das würde ich mit meiner Coolness locker wieder wett machen. Zudem hatte ich alle einschlägigen Bücher wieder und wieder studiert und einige Selbstversuche durchgeführt.

Ich stand auf und lief unruhig umher. Gleich würde sie klingeln. Irgendwie schien die Luft in meiner Wohnung verbraucht zu sein. Oh Gott, ich hatte vergessen, die Getränke bereitzustellen... und wo war eigentlich meine Peitsche?

Ich öffnete das Fenster und sog die frische Luft tief ein.

Vielleicht kommt sie ja auch gar nicht.

Auch egal, irgendwie brauche ich DAS doch gar nicht. Dominanz, Sadomaso, ha!

Was soll der Blödsinn eigentlich.

Ich bemerkte, dass ich mein Hemd falsch zugeknöpft hatte und versuchte, es mit zittrigen Fingern zu korrigieren.

Ich hätte vorhin nicht soviel essen sollen. Der Klos in meinem Hals nahm mir den Atem, und ich schnaufte einige Male tief durch.

Irgendwie hoffte etwas in mir, dass sie nicht kommen würde.

Es klingelte an der Tür und ich spürte, dass ich mich jetzt übergeben würde.

Menschenhunde

Barbara Büchner

Mein Mann Alec und ich, wir lieben Hunde. Wir haben schon alle möglichen Hunde gehabt, einen Dobermann, zwei Setter, eine Bernhardiner-Schäfer-Mischung, einen Pitbull ... und, ja, natürlich unsere Lieblinge Jon und Francis. Von denen kann sich jeder Bio-Hund eine Scheibe abschneiden! Sie würden zwar auf einer Ausstellung keinen Preis gewinnen – beide sind eher klein, schmächtig und sommersprossig – aber sowas von gutmütig, gelehrig und anhänglich!

Die ganze Sache kam ins Rollen, als Alec öfter seinen Dobermann in die Firma mitnahm. Jon, der damals bei ihm Hausmeister war, machte jedesmal eine Bemerkung darüber, wie gut es so ein Hund doch hätte und wie schön es sein müsste, einer zu sein. Alec dachte sich sein Teil, und eines Tages nahm er ihn ins Gebet. Da kam es dann heraus. Jon und sein Bruder Francis hatten eine unglückliche Kindheit verlebt bei einer Mutter, der ihr prächtiger Golden Retriever um vieles lieber war als ihre mageren, schüchternen Jungen, und davon hatten sie einen Knacks abbekommen. Seit Jahren wünschten sie sich nichts sehnlicher, als jemandes Hunde zu sein. Da sie aber schüchtern und zurückhaltend waren, hatten sie sich nie in die Szene gewagt. Sie beschränkten sich darauf, mit heißen Ohren und hechelnd vor Aufregung alle Geschichten über Menschenhunde zu verschlingen, die in irgendwelchen Magazinen erschienen. Als Alec erklärte, dass er nicht abgeneigt sei, war Jon so entzückt, dass er ihm an Ort und Stelle mit der Zunge die Hände wusch. (Das ist übrigens jetzt noch sein einziger Fehler: Er springt hoch und leckt. Man muss da sehr streng mit ihm sein, auch wenn er mir Leid tut, wenn er schuldbewusst die Zunge einzieht und traurig schaut).

Sie kamen also zu uns – natürlich nur an den Wochenenden, weil sie unter der Woche ja arbeiten mussten. Ich bekam Jon, weil der folgsamer ist. Francis ist zwar auch sehr gelehrig und gutmütig, aber heikel, zappelig und zerfahren. Ständig fällt er von einem Extrem ins andere. Setzt es Schimpfer oder gar einen Hieb mit der Hundepeitsche, bricht er winselnd zusammen und möchte sich am liebsten auf ewig in seiner Hundehütte verkriechen. Lässt man aber die Leine locker, zieht er dahin und dorthin, will überall zugleich sein und drei Sachen auf einmal machen. Er braucht eine sehr feste und ruhige Hand, deshalb hat ihn Alec übernommen, der jahrzehntelange Erfahrung in der Haltung von Menschenhunden hat.

Da ist beispielsweise die Sache mit dem Futter. Jon frisst gehorsam alles, was man ihm hinstellt, auch wenn es ihm nicht besonders schmeckt. Francis schnüffelt angewidert in seinem Napf herum und hätte anfangs alles verweigert, was ihm nicht schmeckt. Das haben wir ihm aber gleich ausgetrieben. Er kam ein Wochenende lang im Keller an die Kette, mit einem Napf Trinkwasser und einem Napf Reis, Nudeln und Fleisch. Es war eine Nervenprobe, das können Sie mir glauben. Das ganze Wochenende schallte das Protestgejaule von unten herauf, und Jon, dem sein Bruder leid tat, winselte mit. Aber am Sonntagnachmittag entdeckte Francis dann, dass auch Reis und Nudeln gut schmecken können, wenn man nur hinreichend hungrig ist, und seither gibt es nur noch selten Mäkeleien beim Futter.

Wir sind streng mit ihnen, das muss sein. Für Übertretungen setzt es Strafen. Übertretungen sind zum Beispiel das Aufstehen von allen Vieren, Anziehen von Kleidern, menschlicher Gebrauch der Hände und – was das Schlimmste ist – Sprechen. Für jedes gesprochene Wort setzt es eine Stunde Strafe in der verschlossenen Hundehütte. Natürlich haben sie da drinnen genug Luft und frisches Wasser, aber für einen Hund ist es nun einmal das Schlimmste, eingesperrt zu sein während andere fröhlich mit den Herrchen herumtollen.

Andererseits haben sie von uns alles, was ein Hund von seinen Herrchen erwarten kann. Beide sind geimpft, entwurmt und werden regelmäßig vom Tierarzt untersucht (wir haben einen sehr netten aus der Szene, der viele Menschenhunde betreut und den besten Ruf genießt). Zähne, Augen, Ohren – alles ist bei ihnen tipptopp. Beide bekommen reichlich Futter und ihre kleinen Leckerbissen, Jon seine Schokodrops, Fancis – der mehr aufs Würzige steht – seine Knabberstreifen. Natürlich haben sie Auslauf genug. Unser Wochenendhaus steht sehr einsam, man kann stundenlang spazieren gehen, ohne einem verdutzten Wanderer erklären zu müssen, warum uns zwei splitternackte Männer auf allen Vieren nachlaufen. Nachts schlafen sie auf ihren Decken, im Sommer auf der Veranda, im Winter vor dem Kamin im Wohnzimmer. So können sie auch gleich auf das Haus aufpassen.

Ja, das wollte ich Ihnen erzählen! Es war vor zwei Jahren im Herbst. Irgendeinem Strolch war zu Ohren gekommen, dass es da dieses abgelegene Haus in den Wäldern gab, in dem nur zwei ältere Leute wohnten, und der Kerl dachte, da brauchte man nur noch zuzulangen. Er besorgte sich also ein Brecheisen, knackte die Hintertüre und schlich ins Haus. Wir wurden mitten in der Nacht von einem fürchterlichen Getöse geweckt – Gebell, Schmerzensschreie, umstürzende Möbelstücke, zerklirrendes Glas! Wir stürzten notdürftig angezogen ins Wohnzimmer hinunter, und was sahen wir da? Auf dem Boden lag dieser Strolch, ganz in Schwarz, mit einer Roger-Staub-Maske über dem Kopf. Jon stand auf allen Vieren über ihm und geiferte ihm zähnefletschend ins Gesicht, während Francis mit den Zähnen an seiner Hose zerrte und sie ihm schon bis zu den Knöcheln heruntergezogen hatte. Der Kerl schrie wie wahnsinnig vor Schreck, und ob Sie es glauben oder nicht, er hatte sich angepinkelt – buchstäblich angepinkelt vor Entsetzen, als da aus dem Dunkel zwei knurrende und zähnefletschende Bestien auf ihn lossprangen! Er hatte eine ganze Menge Bisse abbekommen, die meisten in die Oberschenkel und den Hintern. Francis machte sich einen Spaß daraus, nach seinem besten Stück zu schnappen, als wollte er es ihm kurzerhand abbeißen, und jedesmal, wenn der Kerl dann aufkreischend hochzuckte, schnappte Jon böse knurrend nach seiner Kehle. Sie haben Sinn für Humor, unsere Jungs.

Während unsere beiden Lieblinge ihn grollend bewachten, drehte Alec den Einbrecher auf den Bauch und versetzte ihm mit der Hundepeitsche eine gesalzene Tracht Prügel auf den Körperteil, den Fancis so zuvorkommend von der Hose befreit hatte. Dann jagte er ihn zum Teufel. Ich lachte mich schief, als der Strolch, selbst heulend und winselnd wie ein geprügelter Hund, in riesigen Sätzen davonsprang, das kreuz und quer gestriemte, rot glühende Hinterteil mit den Händen umklammernd und ohne seine zerrissene Hose – die blieb zwischen Francis' Zähnen zurück. Wir hängten sie als Trophäe an die Wand des Hundezwingers, zur ewigen Erinnerung an diese tapfere Tat.

Natürlich fanden wir kein Ende des Lobes für unsere beiden Braven. Wir streichelten sie und kraulten ihnen die Ohren und gaben ihnen tausend liebe Namen, und sie leckten uns die Hände, bis wir triefnass waren.

Im Moment sind wir alle vier aufgeregt, denn wie wir der einschlägigen Presse entnommen haben, findet demnächst ein größeres Zusammentreffen von Hundehaltern statt – ein richtiger Kongress mit allem Drum und dran: Schönheitswettbewerb, Agility-Training, Gehorsamsprüfung, Mutprobe – na, einfach alles. Jon und Francis sind bereits angemeldet. Wir haben auch schon neue Halsbänder und Leinen für sie bestellt, alles vom Feinsten. Den Schönheitswettbewerb lassen wir lieber aus – da stolzieren ohnehin nur irgendwelche affigen Köter mit ihren gestylten Frauchen herum – aber bei der Gehorsamsprüfung haben wir gute Aussichten auf einen Sieg. Sitz, Platz, Komm, Bring, Gib – das läuft bei uns wie am Schnürchen. Und bei der Mutprobe, da stecken wir alle in die Tasche!

Natürlich sind die beiden auch deshalb so aufgeregt, weil viele Hundehalter bei solchen Kongressen ihre Weibchen zum Decken bringen, und da Jon und Francis in ihrem Menschenleben sehr schüchterne Junggesellen sind, freuen sie sich wie toll darauf. Wir können sie jedenfalls empfehlen. Charakterlich sind sie einwandfrei: Wesensfest, gutmütig, intelligent, gehorsam – eine Freude für jeden Züchter.

Während ich das schreibe, liegt Jon zu meinen Füßen und reibt den Kopf an meinen Knöcheln, und Francis ruht, dekorativ hingestreckt, auf seiner Decke vor dem Kaminfeuer und putzt sich die Vorderpfoten. Ich finde, es gibt nichts Traulicheres als das Zusammensein mit Hunden. Und Menschenhunde sind die Besten von allen. Sie haben alle Vorzüge von Bio-Hunden, aber sie lassen keine Haare auf der Couch.

Ein Brief an einen unbekannten Meister

Sonnybiest

Sehr geehrter unbekannter Meister,

es kommt mir so vor, als hätten Sie ein Spiel mit mir begonnen. Ein Spiel, ausgetragen durch die Kraft der Gedanken. Eine Kraft, die zu einer Macht wurde. Macht, die keine Qual bedeutet, sondern eine große Hilfe zur Selbsterkenntnis. Ob ich es Ihnen jemals sage, wird die Zeit zeigen, aber heute schreibe ich es nur auf. Und nein, noch kenne ich Sie leider nicht.

Spielen Sie mit mir? Lassen Sie mich absichtlich auf Antworten warten, weil Sie wissen, wie gierig ich nach Ihren Zeilen bin? Haben Sie denn die Kraft, dieses Spiel weiter zu spielen, bis es zu einer völlig gedanklichen Erlösung kommt? Ich weiß nicht, ob Sie sich mit sadomasochistischen und doch zugleich auch psychologischen Dingen auskennen. Die Kraft, allein durch Erzählungen jemanden so zu erregen, dass es fast unerträglich wird. Scheinbare Worte, die zum vollendeten Orgasmus führen und tief bewegen.

Mir ist bewusst, dass ich das nur als devote Lady spielen kann. Von Ihnen zu hören, was ich zu machen hätte... diese gedankliche Kraft wird stärker sein als jede Fessel. Sie erzählen mir, wie Sie mich lustvoll fesseln und es durch meine scheinbare Hilflosigkeit zu wahren Höhenflügen bringen.

Und ich weiß inzwischen, dass ich durch gekonnte Ausführung dieser Sessions mehr als einmal fliegen könnte. Nur getan habe ich es noch nicht, weil ich noch nicht den Mut hatte, mir den wahren Meister für meine Spiele zu suchen. Und ein wahrer Meister müsste es schon sein, dem ich mich voll hingeben kann. Der mich zur freiwilligen Unterwerfung bringt – aber das nur im Spiel.

Wie ich mir das so vorstelle? Nun, im Internet habe ich schon viele Geschichten darüber gelesen, wie es gemacht werden könnte. Zuallererst ist ein tiefes Kennenlernen wichtig, reden über alles, besonders über die Psyche und die Gesundheit. Es muss wirklich alles gesagt sein, bevor ein erstes vorsichtiges Spiel erfolgt. Ein kurzes zum Kennenlernen und Testen.

Vor und nach den Spielen folgen Gespräche über Gefühle und Empfindungen. Mein Meister erkennt sofort jede Veränderung und deutet es richtig als lustvolle oder schmerzhafte Schmerzen. Je nachdem heizt er mich weiter auf oder unterbricht die Session und tröstet mich. Das halte ich für das Wichtigste dabei. Zu wissen, was geht und was nicht, und beides zu akzeptieren.

Sie, mein Meister, werden mir die Regeln des BDSM beibringen. Sie werden es schaffen können, dass ich mich Ihnen voll unterwerfen und meinen Körper bereitwillig geben kann. Sie werden mich strafen und loben. Sie werden immer an meiner Seite sein, um mich zu schützen. Sie werden mich selber erziehen und mir trotzdem nie Befehle geben, die ich nicht erfüllen könnte.

Ich weiß, das widerspricht sich. Aber es ist so, dass jeder Mensch seine Grenzen hat. Ich sage ja nicht, dass ich diese Grenzen nicht erweitern möchte. Aber gewisse Dinge erscheinen mir so widerlich, dass ich sie nicht machen möchte. Ja, ich weiß, dass ich bedingungslos zu gehorchen habe, aber Sie werden doch auf mich Rücksicht nehmen und es mir leichter machen.

Sie, mein Meister, werden mich zu Höhenflügen bringen, die ich nicht für möglich gehalten habe. Sie werden mich Grenzen überschreiten lassen und die Tiefen meiner Lust kennen. Sie werden mich halten, wenn ich Halt brauche und Sie werden mich treiben, wenn Sie es für nötig halten. Sie werden durch Ihre Erfahrungen eine perfekte devote Lady aus mir machen.

Aber Sie werden mich nicht an jemanden abgeben, Sie werden mich behalten. Und sollte dieses Spielen aus irgendwelchen Gründen nicht mehr möglich sein, dann werden wir uns leider trennen müssen. Keiner von uns sollte sich dann schuldig fühlen, dieses Spiel gespielt zu haben. Und in der Erinnerung werden wir weiter beieinander sein und spielen!

Danke, lieber unbekannter Meister, dass Sie mir zugehört haben.

Ergebenst,

Ihre S.

Dommifix der Sessionzauberer

MiguelX

Versuch eines Vorworts

Sadomasochismus, gedehnt und wissend Sa-doh-mah-soh-chismus ausgesprochen, abgekürzt SM oder auch BDSM. Diese dunkle Leidenschaft ist ein weites Feld, auf welchem mancherlei Medien in den vergangenen Jahren immer wieder eifrig, aber orientierungslos herumgestochert haben.

Das dabei vermittelte Bild treibt dem hyperventilierenden Publikum einige wohlige Schauer über den Rücken. Hintergedanke je nach Temperament: »Gut, dass ich nicht so bin.« Oder »Nee, das traue ich mich nicht.«

Sadomasochisten sind entgegen aller Vermutung oftmals Menschen wie du und ich. Den Beweis dafür versucht dieses Lese- und Erzählkapitel der BDSM-geneigten Leserschaft und einer hoffentlich weiterhin wissbegierigen Öffentlichkeit zu erbringen.

Die Verhaltensweisen sadomasochistisch gestimmter Menschen erschließen sich dem unaufgeklärten Beobachter meist nur sehr mühsam, häufig aber gar nicht. Da entschlüpft lustvoll geöffneten Mündern als ein Beispiel das Wortungetüm »safe-sane-consensual« (sicher-vernünftig-einvernehmlich). Oder es wird bedeutungsvoll die Vokabel »bull whip« buchstabiert. Wobei es sich um eine Peitsche handelt, von der neunundneunzig Prozent unserer Mitmenschen besser die Finger lassen sollten.

Wieso bestehen diese Irren (gemeint sind wir) aber darauf, in unbequemsten Haltungen zu knien, Fesseln zu tragen oder Hiebe einzustecken. Und welche Lust ziehen diejenigen daraus, die dazu anleiten? Jene mitreißenden Werbespots aus dem Jahr 2002, deren Stützen die Protagonisten Sado und Maso waren, geben dazu leider bis heute keine befriedigende Auskunft.

Aber die geneigte Voyeurin und der geneigte Voyeur mögen sich auf den folgenden Seiten selbst ein Bild davon machen, wie erfüllend und bunt Sadomasochismus sein könnte, wenn Sadomasochisten nicht ständig über die Fußangeln ihrer eigenen Phantasien und andere Unzulänglichkeiten auf die Nase hageln würden.

Menschen, die einfach ihren Instinkten beim Genuss von »Aua« nachzufolgen trachten, haben es in geradezu ungerechter Weise schwer. Insbesondere dominante Personen werden häufig in ihren angestrengten Bemühungen, ihrer Aufgabe gerecht zu werden, nicht hinreichend gewürdigt.

Hier soll dieses kleine Kapitel abhelfen und Licht in die dunklen Seiten menschlicher Leidenschaften bringen. Die Handlung ist möglicherweise frei erfunden. Ähnlichkeiten mit real vorkommenden Lebensweisen und Orten könnten aber durchaus ihren Reiz haben.

Mit pflichtschuldigst strengem Gruss, Dommifix

1. Januar

Das war vielleicht eine bescheuerte Sylvesterparty letzte Nacht. Mann, war mir schlecht nach dem Kartoffelsalat und den Würstchen.

Da hat die Gastgeberin, die Angelika, mir doch nach dem vierten vollen Teller und dem sechsten Paar Wiener unbedingt ihr Geheimrezept verraten müssen, dass sie da ein ganzes Kilo Mayonaise dran tut. Wäre ja eigentlich ein teures Vergnügen, sagte sie. Aber sie hätte im Supermarkt 'ne ganze Partie abgelaufene Gläser erwischt. Außerdem hielten die ja eh viel länger als da drauf stände.

Na, ich habe mir erst mal inner Ecke 'ne halbe Flasche Brandy reingetan. Konnte gerade noch absetzen, als meine Holde um die Kurve kam. Aber die hat sich gleich über die Heringshappen hergemacht. Möchte nicht wissen, wie lange die überlagert waren. Als ich gesehen habe, wie die Iris sich das Zeugs reinlöffelt, da hat es mir auf einen Schlag den Magen gehoben. Zum Glück haben Werner und Angelika im Flur als Schirmständer so eine alte Milchkanne stehen.

Ins Klo hätte ich auch gar nicht gekonnt, da war Werner mit Gott weiß wem zugange. Ich hab den ständig nur röcheln und es dann immer wieder klatschen gehört. Wahrscheinlich hat er da irgendjemanden beim Vögeln immer wieder gegen die Fliesen von der Dusche gebockt.

Die Party war jedenfalls für mich gelaufen.

Ich hab mich, so kodderig mir zumute war, erst mal in Werners Bibliothek verzogen. Nach zwei Martinis ging es mir dann schon wieder ganz passabel. Den Martini versteckt er hinter einer dicken Familienbibel von seinem seligen Großvater. Angelika ist immer am Mosern, wenn Werner am hellen Tag was trinkt.

Ich wollte nicht wieder zurück in den Partytrubel. Da habe ich mal nach Lesestoff gestöbert. Auf der Ablage vom Sekretär fand ich aufgeschlagen ein Buch mit einem schwarzen Einband. Ess-Emm-Handbuch stand drauf. Und weil auf dem Buchdeckel der Rücken von einer nackten Frau zu sehen war, hab ich in dem Buch geblättert.

Komisches Zeug liest der Werner da.

Was soll ich mir nun unter »Akzeptanz der eigenen Andersartigkeit bis zu einer neuen Selbstdefinition« vorstellen? Soziofuzzis müsste man zwingen, in verständlichem Deutsch zu schreiben! Ob der Matthias Grimme auch so einer ist? Der hat jedenfalls das schwarze Buch über Ess-Emm geschrieben.

Aber dann wurde das doch immer spannender. Erklärt der da, wie das Einmaleins des Ess-Emm funktioniert. Und das mit dem Fesseln war richtig fetzig beschrieben. Die benutzen sogar Wäscheklammern aus Holz, die Sadomasochisten. Fand ich ja unheimlich praktisch. Wo es die doch in jedem Haushalt gibt. Aber, dass einem in dem Buch der Alkohol mies gemacht wird, das fand ich nicht lustig und hab mir noch einen Martini gegönnt.

Wie er dann Das-erste-Mal beschreibt. Mann, ich hab mich richtig festgelesen. Aber so richtig verstanden hab ich das doch nicht.

Irgendwann muss ich über dem Buch eingeschlafen sein. Und wie ich in der Nacht nachhause gekommen bin, das weiß ich beim besten Willen nicht mehr. Aber was die Iris, meine Angetraute ist, die redet schon den halben Tag nicht mit mir. Ich bin nur am Nachmittag aus irgend so einem komischen Traum aufgewacht. Gerade als ich drei nackte Frauen in Ketten unsere Dorfstrasse mit einer Reitpeitsche runtergetrieben hab.

3. Januar

Also der Traum mit den drei Frauen auf unserer Dorfstrasse will mir einfach nicht aus dem Kopf gehen. Hab mich beim Rasieren erwischt, wie ich mit offenem Mund vor dem Spiegel vor mich hingeträumt habe.

Bin heute Vormittag dann gleich auf unseren Speicher gestiegen, wo noch landwirtschaftliche Sachen von dem Onkel von der Iris lagern.

Vier Kuhketten hab ich da gefunden. Bloß furchtbar rostig und voller Spinnweben und Staub. Irgendwo haben wir da aber noch einen kleinen Kanister Rostumwandler, glaube ich.

Die Ketten machen bestimmt Eindruck auf Frauen. Es heißt doch immer, die hätten da so komische Träume. Gewaltphantasien nennt man das. Meine ich mich jedenfalls zu erinnern.

Vielleicht kann ich ja beim Reit- und Fahrverein eine gebrauchte Peitsche billig kriegen? Bei dem Gedanken wurden meine Hände ganz schwitzig. Ich habe mich gefühlt wie vor meiner ersten Tanzstunde mit der Iris. Ehrlich!

Hm, in dem Handbuch stand, die Leute, die devot (muss unbedingt im Lexikon nachsehen, was das richtig heißt) oder masochistisch sind, die sollten damit einverstanden sein, wenn man so 'ne Sache macht.

Die Geschichte ging mir den ganzen Nachmittag nicht aus dem Kopf. Hab mir vorgestellt, wie ich die drei Weiber an die alte Viehtränke neben dem Rathaus kette. Konnte mich nur nicht richtig entscheiden, ob sie knien oder stehen sollten.

Muss auch dran denken, das zu machen, wenn die Kinder in der Schule sind. Wie erklär' ich denen denn sonst, dass ich vielleicht auch so einer bin. Münster nennt man die wohl? Ach nein, Dom. Jetzt fällt es mir wieder ein. Aber was haben Kirchen mit Ess-Emm zu tun? Lauter Fragen, auf die ich dringend 'ne Antwort brauche.

Nur, die Iris kann ich mir nicht richtig nackig auf der Dorfstrasse vorstellen. Und wo krieg ich dann die anderen zwei Frauen noch her? Ob ich im Dorfkrug mal die Bedienungen frage?

6. Januar

Den ganzen Tag hat es geschneit. Da konnte ich beim Schneeschippen mal in Ruhe über dieses Ess-Emm nachdenken. Hab' trotz der Kälte richtig 'nen heißen Kopf und wieder schwitzige Hände gekriegt. Das Allerwichtigste: Wo bekomme ich mehr Informationen her? Das Buch kann ich mir ja wohl nicht gut beim Werner ausleihen. Vielleicht komme ich ja im Internet weiter?

Muss unbedingt unsern Jungen, den Micha, fragen, wie das mit dem

Dings, dem Surfen, im Internet geht. Der hängt ja halbe Tage vor dem Kasten.

Aber der Gedanke an die nackten Weiber in Ketten, der hat mich richtig scharf gemacht. Aber eigentlich ist das ja pervers, oder? Und was wäre, wenn so was nun verboten ist?

Quatsch, dann hätte der Werner das Buch von dem Grimme ja nicht. Wer dieses Ess-Emm wohl erfunden hat?

Hm, wichtig scheint jedenfalls, dass man die Frauen verhauen muss. Gefällt mir der Gedanke, wo die Iris mich immer mit ihrem Gemoser so nervt. Ob man zum Verhauen auch einen Teppichklopfer nehmen kann?

Und wenn mir das nachher gar nicht gefällt? Und wie fest muss ich da eigentlich hauen? Hoffentlich macht mein Tennisarm da nicht solchen Ärger wie beim Schneeschippen!

Dringend mal dran denken, mir von Dr. Krause wieder dieses Mobilidingsbums, diese Salbe verschreiben zu lassen. Wenn die nur nicht so eklig riechen würde.

Muss unbedingt rauskriegen, was so ein Münster – ach nee, Dom heißt das ja – alles mit 'ner Frau anstellen darf. Also fesseln wäre nicht schlecht. Das scheint wohl erlaubt zu sein, wenn ich das schwarze Buch in meinem besäuselten Kopf da richtig verstanden habe.

Was mache ich eigentlich, wenn die Iris nun nicht will. Und wie erkläre ich der das?

Muss ich wohl doch noch weiter darüber nachdenken. Den Werner würde ich ja zu gerne mal fragen. Aber ich trau' mich das ehrlich nicht.

10. Januar

Ich habe im Internet was Komisches gefunden.
Also, der Micha, was unser Sohn ist, der hat mir das ganze Zeug im Internet mit dem Surfen erklärt. Mann, war die Seite von Legoland vielleicht langweilig. Was der nur an so Bauklötzchen findet?

Nur einmal, da waren da plötzlich so kleine Legofiguren zu sehen und die eine Figur, die hatte 'ne richtige kleine Peitsche aus Plastik in der Hand. Grad als ich genauer hingucken wollte, da hat der Micha schon wieder auf ein anderes Bild gewechselt. Hätte zu gerne gewusst, was es mit den kleinen Figuren auf sich hat. Aber den Micha konnte ich ja schlecht fragen, oder?

Und dann gibt es da so Suchdinger. Da kann man Wörter eingeben und dann sucht die einem nach den Wörtern im wöld weit wepp. Naja, und wie der Micha denn zum Handballtraining weg ist, da hab ich das selber mal probiert. Mann, vier Stunden hab ich am PC rumgeoxt.

Erst hab ich Sadoh-Mahso in so ein kleines Fensterchen getippt. Aber ein Herr Google, komischer Name, hat mir immer wieder geschrieben, dass er da im wöld weit wepp nichts gefunden hätte, und ich doch was anderes eingeben sollte. Mann war ich sauer. Dat nennen die Heinis nun moderne Kommu-Ni-Kations-Möglichkeiten. So sagt der Micha jedenfalls immer dazu. Wieso eigentlich Kommu-Ni-Kation? Hab ich gegrübelt, ob da wohl doch irgendwelche rote Strümpfe, ach nee Socken dahinter da stecken?

Naja, geduldig, wie ich inner Firma auch immer bin, hab ich dann probiert und probiert. Und hab immer mal andere Kombinationen von Buchstaben genommen. Hab mir die gar nicht alle gemerkt. Micha sagt ja auch immer, das macht der Computer sowieso ganz alleine.

Und plötzlich war ich da auf so einer Seite, da kann man sich unter ganz viel Seiten welche aussuchen. Und da war auch da so ein rechteckiges Bild. Wo so ein Mann in einem schwarzen Lederanzug und mit einer schwarzen Maske im Gesicht wie beim Karneval in Venedig, wie der also da so 'ne richtige schwere Peitsche in der Hand hat. Und die Peitsche, die liegt da quer über dem nackten Hintern von einer Frau. Und die Frau, damit sie wohl besser Halt hat, die liegt über so einem Gestell, wie wir das mal früher in der Schule hatten. Ich glaube Bock haben das unsere Lehrer immer genannt. Aber da wollte ich sowieso nie drüber springen. Drauf liegen finde ich jetzt auch viel praktischer.

Ach ja, und schwitzige Hände habe ich auch gleich wieder gekriegt, weil, die Frau hatte gar kein Höschen an. Und die stand so komisch mit auseinandergestellten Füssen auf dem Boden. Da konnte man der richtig da in das Teil, wo die Kinder rauskommen, reinsehen. Also, echt komisch, so hab ich die Iris noch nie dastehen sehen. Aber die hat ja auch keine blasse Ahnung von Ess-Emm.

Und da war dann da so ein schwarzer Pfeil und da sollte man draufklicken, wenn man noch mehr Bilder sehen wollte. Aber hallo, klar wollte ich, wo ich doch endlich mal was gefunden hatte. Und das ganz ohne Michas Hilfe. Also, ich geklickt mit dem Ding, der Ratte, nee Maus. Und dann kam da dann so ein graues Fensterchen und da musste man auch draufklicken, damit irgendwas in-stall-iert werden konnte. Das mit dem falsch geschriebenen Stall hab ich nicht ganz verstanden, aber dafür waren da dann ganz viele Bilder.

Bilder wo da dann so ein Münster, quatsch, so ein Dom, aber nicht nur der von vorhin mit dem Lederzeugs und der Karnevalsmaske, also, wo so mehrere Dome Frauen mit so schweren Peitschen hauen dürfen. Und die Frauen haben da überall am Po Striemen. Aber die gucken komischerweise ganz zufrieden. Sah jedenfalls so aus.

Aber ich konnte nur nicht zu Ende gucken. Weil, die Iris kam nämlich ins Zimmer. Und da hab ich gedacht, ehe die sich erschrickt, und hab den Computer ganz schnell ausgemacht.

Ich hab ja so was von schlecht geschlafen die Nacht. Ich hab immer von der dicken schwarzhaarigen Bedienung vom Ochsenwirt geträumt. Wie die an der Viehtränke am Rathaus angekettet war. Und die stand genauso, wie die Frau auf dem Bild. Nur war da kein Bock, sondern ein Papierkorb aus verzinktem Stahl, wo die mit dem Bauch drauflag.

Aber immer wenn ich mit der langen schweren Peitsche auf der Bedienung vom Ochsenwirt ihren Hintern schlagen wollte, dann ist das Ende von der Peitsche in dem schmiedeeisernen Wirtshausschild hängen geblieben. Und jedes Mal bin ich dann wach geworden und hatte so ein furchtbares Ziehen in der Leistengegend.

13. Januar

Ich versteh das nicht. Der Micha hat einen solchen Terz gemacht. Von wegen, was ich mit dem Computer denn gemacht hätte. Mich könnte man ja nicht fünf Minuten mit dem Ding alleine lassen. Pah, mich. Dabei bin ich fünfundvierzig und Micha ist ganze dreizehn.

Jedenfalls hat er was gemosert, dass das wöld weit wepp nicht richtig gehen würde. Dass da immer so nackte Frauen zu sehen sein würden. Und dass er an seine Rollenspielseite nicht drankäme.

So ein Blödsinn. Ich hab ihm gesagt, dass er von Rollenspielen gar nichts hat. Er soll sich mal erst mit dem Ernst des Lebens vertraut machen. Auch wenn seine Mutter, was die Iris ist, nie so dastehen würde. Aber er könnte ja vielleicht mal mehr Glück haben als ich. Und dann müsste er doch wissen, was zu tun wäre.

Micha hat nur was von eklig-pervers gemurmelt. Und dass ich meinen Scheiss künftig alleine machen sollte. So eine Rotznase! Spricht man so mit einem Münster-Vater? Also das wird' mir nie in den Kopf reingehen. Aber der Micha weiß das ja doch gar nicht.

Naja, ich hab dann noch so drei Stündchen weiter rumprobiert. Die hatten da vielleicht im wöld weit wepp heisse Mädels am Rumspringen. Also, die Bedienung vom Ochsenwirt, was die Müllers Anni ist, die kommt da bei weitem nicht mit. Aber vielleicht liegt das auch daran, dass die schon zwei Kinder hat, die beide von vier verschiedenen Vätern sein sollen. Aber 'nen knackigen Hintern hat die trotzdem.

Aber dann musste ich leider wieder Schluss machen. Und ich hatte grad schon viel mehr als nur schwitzige Hände. Aber die Iris, die eigentlich schon gepennt hatte, die stand plötzlich inner Tür und schrie was von, ich sollte endlich mitt'n Arsch ins Bett kommen. Dabei will die doch sonst immer was anderes als meinen Arsch.

Frauen sind ganz komische Wesen. Will man mal richtig nett sein, dann zetern sie von nur-das-Eine-wollen. Und will man sie mal in Ruhe lassen, dann schreien sie, dass man gefälligst ins Bett zu kommen hätte. Aber da protestieren sie dann im nächsten Atemzug gegen nur-das-Eine-wollen. Frauen sind ja so was von kompliziert!

Wie ich da die Iris jemals an die Viehtränke kriegen werde, bleibt mir noch immer ein Rätsel. Ich sollte vielleicht doch mal versuchen, Werner zu fragen, wie der die Angelika an die Viehtränke kriegt. Aber vielleicht gehen die ja gar nicht da hin zum Rathaus?

15. Januar

Wie der Micha zum Handballtraining war, da bin ich dann mal wieder ins wöld weit wepp reingegangen. Die Iris hat schon ganz misstrauisch geguckt. PC wär doch sonst nicht mein Ding.

Ich hab die Iris vor die Tür geschoben und gesagt, dass ich für den Micha was suchen müsste für die nächste Klassenarbeit in Geschichte. Und dass ich dafür Ruhe brauchen würde.

Und dann war ich wieder auf der Seite von neulich. Aber die Frau, die da so komisch mit auseinandergestellten Füssen auf dem Boden gestanden hat, die war gar nicht mehr da. Ich konnte also da auch nicht mehr in das Teil, wo die Kinder rauskommen, reinsehen. War ich richtig enttäuscht.

Und da haben Sie dann da am Rand so ein Feld gehabt, wo was von Galerie, wir über uns, Forum und Chat und noch 'ne Menge anderer Sachen gestanden hat. Und da hab ich da einfach mal rumprobiert, weil, wer nichts probiert, der lernt ja nie was. Das hat jedenfalls immer unser Physiklehrer gesagt. Und der musste das doch wissen.

Jedenfalls ging da plötzlich so ein Viereck auf und da gab es furchtbar viele Namen und die haben auch irgendwelche Sätze hinter dem Namen stehen gehabt. Es kamen auch immer neue dazu. Und dann hab ich gesehen, dass da von allen Seiten ein Gast34 begrüßt worden ist. Und da war dann unter dem Viereck so ein ganz schmales Viereck und da hat dann so ein Zeichen geblinkt. Und da hab ich dann da »Hallo, 34. Gast« reingetippt. Wollte mal sehen was passiert.

Und dann steht dann da im Viereck ganz unten plötzlich:

Gast 34 sagt: Hallo 34. Gast.

Und dann haben die anderen Namen durcheinander geschrieben. Und haben gewitzelt. Und einer hat mich mit fetten Buchstaben gefragt: Gast 34, warum begrüßt du dich selbst? Hab ich gar nicht verstanden die Frage. Und es ging hin und her. Und ein Name schrieb, dass Gast 34 bestimmt ein Fake sei. Was um alles in der Welt ist nun ein Fake?

Also, ich habe wirklich nicht verstanden, woher die vielen Sätze immer wieder hinter den Namen kamen. Aber irgendwie hatten die sich dann wohl beruhigt. Und plötzlich glaubte ich meinen Augen nicht zu trauen. Da kam dann eine Zeile: »devote sklavin betritt den Chat.« Ich war wie elektrisiert. Sklavinnen sind doch heute längst verboten?

Einer von den Münstern, ich glaube, der hieß Strenger_Unnachsichtiger_Erzieher, der hat sie dann angesprochen. Der hat geschrieben: »devote sklavenschlampe, knie dich hin! Mach meine Hose auf, aber mit den Zähnen!! Wenn du die Finger zu Hilfe nimmst setzt es was!!! Hol ihn raus!!!! Nimm ihn in dein Maul!!!!!

Hab ich gar nicht richtig verstanden, wieso sollte die den Autoschlüssel rausnehmen? Und warum den im Mund halten??

Aber Sklavinnen, die gibt es doch schon lange nicht mehr, oder? Aber der Gedanke hat mir gefallen, dass das ein Weg wäre, dass ich nie mehr meinen Autoschlüssel suchen müsste.

Also, jetzt weiß ich auch, wie das da heißt, wo die Namen immer durcheinander schreiben.

Das nennt sich Chat. Und die da hingehen, das sind Chatter. Die haben Nicknames, hat mir SklaveWerner55 erklärt. Aber ganz habe ich das doch nicht verstanden. Ob das von den ständigen Begrüßungen kommt? Da nickt man ja manchmal bei. Das wöld weit wepp ist wohl doch ganz schön kompliziert.

Aber ich merke, dass ich da jeden Tag besser klarkomme. Na ja, ich bin ja schließlich auch nicht auf den Kopf gefallen. Auch wenn Iris immer mosert, ich würde mit dem Teil in meiner Unterhose denken. Frauen!

Mist, ich brauche einen Namen, der Eindruck macht. Hab schon an »Strenger-Meister-der-dich-ordentlich-rannimmt« gedacht. Da sind die Sklavinnen bestimmt gleich hin und weg. Ich sehe ja, wie die sich da immer vor den anderen Münstern auf den Boden schmeissen. Jedenfalls schreiben sie das da immer. Wann merke ich mir endlich mal, dass das Dom heißt?

Ich will auch, dass sich die Sklavinnen da in dem Chat vor mir auf den Boden schmeissen. Ich bin schließlich auch so ein Münster-Dom. Und da hab ich doch Anspruch auf Respekt und Verehrung, oder? Ich meine, ich verlange ja gar nicht, dass mir jemand mit den Zähnen die Hose aufmacht. Ob das überhaupt geht? Aber sonst würden die anderen Nicknames das ja nicht schreiben.

Also, gestern habe ich mich dann mit dem Namen »Strenger-Meister-der-dich-ordentlich-rannimmt« da in dem Chat angemeldet. Ich also rein in den Chat. Und die haben mich gleich mit Hallo empfangen. Ich hab in etwa so gesagt, dass ich die Herren Kollegen und die Sklavenschlampen begrüßen würde. Musste doch Eindruck machen. Die sollten doch nicht merken, dass ich erst seit zwei Wochen Münster-Dom bin.

Hab' dann gesagt, dass ich 'ne Gerte dabei hätte. Und dass, wer will, jetzt kräftig auf den Arsch kriegen könnte. Komischerweise schien keine von den dusseligen Sklavinnen Lust zu haben. Da habe ich mich da in dem Chat aber aufgebaut und hab ganz fett geschrieben, dass ich sofort so ein nichtsnutziges Sklavenstück vor mir auf den Knien sehen will.

Da fragt mich doch sklavin_esmeralda, ob sie mir ins Gehirn gesch... hätten? Ich wäre doch ein arrogantes Oberarschloch. Weiber sind doch überall gleich! Und ich dachte, dass ich mit der Iris bloß Pech gehabt hätte. Aber wieso dürfen Sklavinnen eigentlich so frech zu einem Münster-Dom sein?

Noch mehr hat mich ja gewurmt, dass die anderen Dome da über mich hergezogen haben. Aber diesen ahnungslosen Wichsern werd ich das schon noch zeigen. Ich muss unbedingt das schwarze Buch von dem Grimme noch mal haben.

23. Januar

Klasse, ich habe jetzt auch eine Sklavin. Na, ich wusste doch, ich bin der Größte!

Vorgestern Abend, ich hab den anderen Münster-Domen da im Chat zugeschaut, was die mit den Frauen alles so machen, da flüstert mich doch tatsächlich jemand an. Muss wohl gemerkt haben, dass ich viel mehr drauf habe an Ideen als die anderen Dome. Kommt vielleicht daher, dass ich ganz unnachsichtig korrigiere, wenn jemand einen Fehler da macht im Umgang mit den Sklavinnen. Könnten die Burschen aber auch wirklich längst gelernt haben. Muss man denen denn alles dreimal sagen??

Jedenfalls, da flüstert mich kleine-blonde-sub an und fragt, ob sie mich mal was fragen dürfte. Ich hab ihr dann zurück geschrieben, dass mich das nicht stören würde. Sie sollte sich nur kurz fassen, ich wäre schließlich schwer beschäftigt. Hat zwar nicht unbedingt gestimmt, aber die jungen Dinger sollen gleich merken, dass wir nicht gleich gesprungen kommen, wenn sie geruhen zu rufen.

Also, kleine-blonde-sub hat dann geschrieben, dass sie einen Meister suchen würde, weil sie hätte niemand, der sich um sie kümmern täte. Und den Ar... hätte sie auch noch nie richtig voll gekriegt. Aber ganz viele Phantasien hätte sie. Und die würde sie sooo gerne mal richtig erleben. Jedenfalls haben wir uns dann ganz lange bis weit nach Mitternacht in dem Chat da unterhalten. War riesig spannend, weil sie mir ganz viel von sich selber erzählt hat. Sogar ihre Schuhgröße weiß ich schon.

Und dann haben wir uns gleich für gestern Abend wieder verabredet. Mann, war ich aufgeregt, aber das durfte ich kleine-blonde-sub auf keinen Fall merken lassen. Das hatte ich gestern Morgen auf so einer Seite im wöld weit wepp gelesen. Homepage nennt man die, sagt Micha. Da wäre nämlich gleich die Autorität von dem Münster-Dom zum Teufel. Und ich wollte doch nicht, dass die Kleine mitbekommt, dass ich erst drei Wochen so ein Meister bin, den sie am suchen ist.

Ja, und dann haben wir uns wieder lange unterhalten. Und sie hat mich gefragt, wann ich anfangen würde, sie zu erziehen. Und da hab ich dann angefangen, sie zu erziehen. Ich hab ihr gesagt, dass sie sich immer, wenn sie mit mir chattet, vor die Tastatur hin zu knien hätte. Da hat sie gleich ein bisschen gemault, sie würde dann ohne Brille auf dem Bildschirm nicht scharf genug sehen, weil sie dann so einen ungünstigen Winkel hätte. Als wenn ich für ihren Winkel zuständig wäre. Aber das mit der Brille hat mich schon etwas enttäuscht.

Jedenfalls hab ich gesagt, mit mir gäbe es da keine Diskussionen. Sie solle gefälligst gehorchen, sonst müsste ich ihr zwanzig Schläge mit dem Teppichklopfer (dem von der Iris) androhen. Da hat sie geschrieben: »Danke Meister« und dass sie sich hinkniet.

26. Januar

Ich weiß jetzt auch, dass kleine-blonde-sub mit richtigem Namen Dagmar heißt. Ich hab ihr nämlich befohlen, alle meine Fragen wahrheitsgemäss zu beantworten. Und sie war von meiner Dominanz ganz beeindruckt. Hat sie nämlich gesagt. Und ich hab ihr dann gesagt, dass sie von jetzt an meine Sklavin wäre und nur noch auf mich zu hören hätte. Ausserdem hätte sie in jedem Satz den Zusatz Meister zu verwenden.

Sie hat das auch ziemlich schnell begriffen. Scheint keine Dumme zu sein, die kleine-blonde-sub Dagmar. Also, wenn sie sich jetzt beim Chatten einen Kaffee holen will, dann sagt sie: »Ich gehe mir jetzt einen Kaffee holen, Meister.« Finde ich, dass das ganz toll klingt. Aber müsste sie mich nicht eigentlich um Erlaubnis fragen? Wenn ich doch nur an das schwarze Buch von dem Grimme noch mal dran käme.

Also, beim Reit- und Fahrverein muss ich doch mal vorbei gehen. Weil die Dagmar sagt, Teppichklopfer, das wäre nicht stilgerecht. Wenn ich sie bestrafen wollte, dann bräuchte ich dazu eine Reitgerte oder wenigstens einen Rohrstock. Woher die das alles weiß? Aber an einer Viehtränke war sie auch noch nicht angebunden. Da hat sie sich nämlich verraten. Bei ihr im Ort gäbe das so eine Tränke gar nicht.

Ich weiß jetzt auch, dass sie nur 25 Kilometer entfernt in der Nachbarstadt zuhause ist. Da, wo ich früher während meiner Ausbildung als Friseur zur Berufsschule hin gemusst habe. Bei dem Gedanken kriege ich andauernd ganz schwitzige Hände. Dass die kleine-blonde-sub, also die Dagmar, zwanzig Jahre jünger ist als ich, das stört mich auch überhaupt nicht. Die jungen Dinger sind wenigstens nicht so aufmüpfig wie Frauen in meinem Alter. Die Iris, was meine Angetraute ist, die widerspricht mir andauernd.

Das wird sich ändern, wenn ich sie das erste Mal an der Viehtränke mit den beiden anderen angebunden habe. Kleine-blonde-sub hätte ich dafür schon. Nur die Dritte, die muss ich noch finden. Und zu blöd, dass ich mich nicht mehr richtig dran erinnern kann, was der Grimme da geschrieben hat. Wie man nämlich seiner Angetrauten verklickern soll, dass man nun so ein Münster-Dom ist.

Ich kann mir richtig schon die großen Kulleraugen von der Iris vorstellen. Ich schätze, die wird ganz schön beeindruckt sein. Hoffe ich jedenfalls. Vor allem, wo sie immer meint, das Denken sollte ich mal ihr überlassen. Sie hätte schließlich von uns beiden den Realschulabschluss geschafft. Dabei hab ich genauso viele Schuljahre auf dem Buckel wie sie. Die 9. Klasse war so spannend, da hab ich die glatt freiwillig noch mal gemacht.

26. Februar

Es ist viel passiert in den letzten vier Wochen. Da bin ich gar nicht mehr zum Aufschreiben gekommen.

Außerdem hat die Iris ständig hinter mir her spioniert. Und da musste ich mein Tagebuch immer in meiner Werkzeugkiste versteckt halten. Aber wenn ich dauernd in der herum gekramt hätte, dann wäre der Iris das bestimmt aufgefallen. Weil, im Haus repariere ich die kaputten Sachen auch immer erst, wenn ich Zeit habe. Iris meint, das wäre dann, wenn sie mich wochenlang daran erinnert hätte.

So ein Blödsinn! Was das Weib sich immer einbildet. Aber an der Tränke wird ihr das schon noch vergehen. Die dritte Sklavin dafür hab ich immer noch nicht.

Also mit kleine-blonde-sub Dagmar chatte ich jeden Abend seit Februar. Die Iris guckt mich immer schon ganz komisch an, wenn ich mich an den PC setze. Will immer wissen, was ich da tu' und warum ich gar keine Zeit für sie habe, wenn sie wieder mal mit mir streiten will. Ach, die soll mir mal den Buckel runterrutschen. Soll erst mal so folgsam werden wie die Dagmar.

Macht richtig Spass mit der. Also, ich hab dann angefangen, ihr Aufgaben zu geben, was sie entweder beim chatten oder am Tag, wenn sie nicht zur Arbeit aus dem Haus ist, machen soll. Ich hab ihr beigebracht, dass sie sich die Beine fesseln muss, und dass sie sich Klammern an die Brust oder woanders hinzuklemmen hat, wenn ich ihr das befehle. Hab ich von den anderen Doms im Chat mitbekommen, dass die das auch mit ihren Sklavinnen machen.

Im Chat hab ich jetzt auch einen anderen Namen, Nick sagen die anderen da dazu. Dagmar hat gemeint, Strenger-Meister-der-dich-ordentlich-rannimmt, das wäre ein viel zu langer Name. Und dass sie immer so lang braucht, den zu tippen, wenn sie mich anschreibt. Na ja, und die anderen Doms, die haben ja auch immer so arrogant über mich gewitzelt. Ist mir ganz schön auf den Sack gegangen. Dabei haben die doch auch nicht so viel mehr Ahnung als ich. Ich hab ja das schwarze Buch von dem Grimme gelesen.

Aber jetzt zu meinem neuen Nick. Ich heiße jetzt Dommifix. Hat Dagmar mir vorgeschlagen, weil mir kein kurzer Name eingefallen ist. Ich finde ja, dass das viel zu harmlos und wenig nach Respekt klingt, den die Sklavinnen vor mir haben sollen. Aber kleine-blonde-sub sagt, dass sie ganz stolz darauf wäre, und dass der Name doch so nett und kuschelig klingen würde. Die hat Humor. Fängt die Dagmar jetzt etwa auch schon an, mich nicht ernst zu nehmen?

Aber sie sagt: »Nein Meister, du bist doch mein großes Meisterchen. Und du machst immer so schöne Sachen mit mir, bei denen ich ganz nass werde, wenn du sie schreibst.« Na ja, da bin ich doch beruhigt. Weil, bei den Frauen weiss man als Mann ja nie, was in deren Köpfen alles so vorgeht. Aber die Dagmar ist irgendwie anders, die hört aufs Wort.

Ich hab sie auch schon ein paar Mal in einen Baumarkt geschickt. Da sollte sie nach passendem Zubehör gucken gehen. Weil, das was man da in den Ess-Emm-Shops kaufen kann, das kann ja kein Mensch bezahlen. Beim besten Willen nicht! Aber auf manchen Seiten im wöld weit wepp da gibt es Leute, die erklären, wie man teure Sachen selber machen kann. Ich weiß inzwischen auch, dass man wöld weit wepp mit www. abkürzen kann. Ich finde, dass man da wirklich eine Menge lernen kann.

Mit der Iris hab ich die Tage richtig Krach gekriegt. Die behauptet, ich würde sie vernachlässigen. Und dass man im www. verblöden würde.

Da hab ich aber auf den Tisch gehauen und sie angeschrien, was ihr einfallen würde. So hätte sie mit einem Meister nicht zu reden, wenn sie nicht gleich den Arsch voll kriegen wollte. Die hat mich ganz erstaunt angeguckt, und dann hat sie mich doch tatsächlich ausgelacht. Ich glaube, die Iris hat das gar nicht verstanden. Na ja, ich hab das dann auf sich beruhen lassen und bin mit der Dagmar chatten gegangen.

Ja, also meine Sklavin, die hat 'nen Vater, der hat eine kleine Tischlerwerkstadt in unserer Nachbarstadt. Und sie sagt immer, sie hat viel an Handwerklichem bei ihrem alten Herrn gelernt. Find ich ganz hinreißend, dass sie ihn immer meinen alten Herrn nennt. Und ich sag dann immer, dass ich dafür ihr junger Herr und Meister wäre. Obwohl, wenn ich das richtig überlege, ich könnte fast ihr Vater sein.

Aber ich wollte ja vom Baumarkt erzählen, und dass ich die Dagmar da immer hinschicke. Sie hat auch schon jede Menge Sachen da gefunden, aus denen sich lauter tolle Sachen selber bauen lassen. Zwei Spreizstangen hat sie schon gemacht. Und Seile gibt es da auch jede Menge. Hat sie auch gleich mitgenommen. Und alle möglichen Wäscheklammern. Und aus Rohstücken für Schuhsohlen hat sie so was zum Hauen geschnitten und geklebt. Das nennt sich wohl auf Englisch paddle. Und vorgestern wäre ihr Holzkreuz zum Fesseln fertig geworden, hat sie mir am Handy gesagt.

Ich habe nämlich seit zwei Wochen so ein kleines Telefon für die Hosentasche. War eine Werbeaktion von einem Verlag bei uns im Supermarkt. Da brauchte man nur einen Vertrag für zwei Jahre auszufüllen und dann hat man das Teil für umsonst mitnehmen können. Vor allem merkt nun die Iris nicht, wenn ich mit der Dagmar telefoniere. Hat leider ein bisschen eine Piepsstimme, aber das passt ja nun wieder zu ihrem Nick, kleine-blonde-sub. Aber das hört sie gar nicht gerne. Da hat sie richtig gefaucht beim Telefonieren.

Die von der Telefongesellschaft für unser richtiges Telefon, das sind übrigens ganz grosse Arschlöcher. Das hab ich denen auch wörtlich geschrieben. Und dass sie nicht rechnen können. Ich hab niemals für achthunderfünfundfünfzig Euro Gebühren verbraucht im Februar. So viel kann kein Mensch telefonieren. Und was die da für einen Murks aufgelistet hatten von irgendwelchen Dienstanbietern. Also mir hat niemand Dienste angeboten. Und das www. kann es auch nicht gewesen sein. Das kriegen wir ja für 1,9 Cent in der Minute. Sagt jedenfalls der Micha. Na ja, das wird sich todsicher in den nächsten Tagen alles als ein Irrtum herausstellen. Sonst können die mich mal kennen lernen. So geht man nicht mit einem dominanten Meister um! Dumme Wichser die!

Übermorgen treffe ich mich das erste Mal mit meiner Sklavin. Aufgeregt ist gar kein Ausdruck, so wie ich mich fühle.

2. März

Wir haben uns gestern im Café zur Post bei ihr in der Stadt getroffen. Ich hatte vielleicht Flugzeuge im Bauch. Aber das habe ich mir natürlich nicht anmerken lassen. Als ihr Meister musste ich doch ganz cool auftreten. Vorher hab ich stundenlang überlegt, was ich anziehen soll. Im Chat haben sie immer gesagt, dass ein Dom sich ganz schwarz anziehen muss. Am besten mit Sachen aus Leder. Ich hab auch schon in einer ganzen Menge Geschäfte mal danach geguckt. Aber solche Sachen sind einfach viel zu teuer. Ich bin doch nicht der Rockefeller!

Ich habe dann in einem Second Hand Shop, also wo man so gebrauchte Sachen findet, da habe ich dann günstig eine schwarze Jeans und einen schwarzen Rollkragenpullover gefunden. Einen Ledergürtel hatten die da auch noch, mit einer ganz schweren silbernen Gürtelschnalle. Der war das Teuerste an meinem Einkauf. Leider hab ich dazu nur Schuhe mit Gummisohlen gehabt. Aber teure Lederschuhe wollte ich mir nicht auch noch kaufen. Was wäre denn gewesen, wenn mir die Dagmar gar nicht gefallen hätte? Dann hätte ich ja das ganze Geld für nix ausgegeben.

Meiner Sklavin, also der Dagmar, hatte ich beim Telefonieren befohlen, dass sie ein Kleid anziehen soll und ihr Höschen weglassen.

Das mit dem Höschen hatte ich mal auf einer von den Seiten im www. gelesen, dass ein Meister das verlangen soll. Ich war ganz stolz drauf, dass ich mich daran noch erinnert habe.

Also ich hab mich da in dem Café an einen Ecktisch gesetzt und erst mal eine Zeitung geschnappt. Und dann hab ich über den Rand der Zeitung geguckt, wann die Dagmar kommen würde. Mir haben vielleicht die Hände vor Aufregung gezittert und geschwitzt. Ob das anderen Doms auch so geht? Dabei wollte ich doch ganz ruhig sein. Schließlich bin ich doch ein Meister. Und so einer steht über den Dingen. So schreiben die das jedenfalls auf den Homepages. Und die Leute müssen das doch wissen, sonst würden sie ja so was nicht schreiben. Oder?

Als die Uhr in dem Café fünf Uhr Nachmittag gezeigt hat, da kam dann eine blonde gar nicht so kleine, junge Frau zur Tür herein. Die hatte ein weinrotes Kleid an. So eins, wie die Dagmar gesagt hat, das sie anziehen wollte. Ich hab erst mal meinen Kopf hinter der Zeitung eingezogen und in dem Moment gar nicht gewusst, was ich tun sollte. Wie ich dann vorsichtig wieder über den Rand von der Zeitung geguckt habe, da hab ich gesehen, wie die Blonde sich im Café suchend umgeschaut hat. Da habe ich die Zeitung auf den Tisch gelegt und ganz vorsichtig in ihre Richtung gewinkt. Hätte ja auch sein können, dass sie das gar nicht ist.

Ja, und dann kam die auf meinen Tisch zu. Ich hab da versucht, sie ganz cool anzusehen. Und ich habe auch mir innerlich einen Ruck gegeben, weil das mit meinen zitternden Knien war fast nicht zum Aushalten. Die Blonde baut sich dann vor meinem Tisch auf und fragt ziemlich laut: »Mein Herr Dommifix?« Die anderen Leute im Café müssen das gehört haben. In dem Moment war ich richtig sauer. In was für eine Situation bringt mich diese Gans eigentlich?

Aber ich habe mich dann doch ziemlich gleich mit dem Satz gerächt: »Sklavin Dagmar? Setz dich.« Ich wollte auch so laut sprechen, dass die anderen das hören. Aber meine Stimme hat ziemlich gekrächzt.

Ja, und dann haben wir da gesessen. Und ich habe überlegt, was ich nun zu ihr sagen soll. Aber sie hat dann plötzlich geflüstert, dass sie sich das mit dem Höschen weglassen doch nicht getraut hätte. So etwas Feiges. Das fing ja gut an mit der. Zum Glück kam dann gerade die Bedienung und hat gefragt, was sie denn bringen dürfte. Und meine Sklavin hat sich dann einen Eiscafé bestellt. Aber ohne Sahne, weil sie auf ihre Figur achten müsste. Sie hat mir dabei zugezwinkert. Da ist es mir ganz anders geworden und ich hab versucht zu lachen. War aber wieder ziemlich krächzig.

Da hab ich sie mir aber mal ganz genau angeguckt, so weit das ging, weil sie ja auf dem Stuhl gesessen hat. War eigentlich alles dran an ihr. Auch wenn ich mir eigentlich mehr Oberweite vorgestellt hatte. Aber so fand ich sie ganz hübsch. Ein bisschen groß vielleicht. Ich bin ja nur 1,69 und so wird sie auch sein. Gut, ich habe dann angefangen mit ihr über den Eiscafé zu reden, den die Bedienung gerade gebracht hatte. Und wie sie mich denn fände. Dabei hab ich die Oberarme und die Brust in dem Hemd angespannt. Und sie hat nach meinem rechten Arm gegriffen und »Uih« gesagt.

Ja, und dann haben wir dies und das geredet. Plötzlich sagt die Dagmar, sie würde mir gerne das Kreuz zum Fesseln zeigen. Das wäre ja jetzt fertig. Und sie hat ganz niedlich dabei ausgesehen, weil sie rot dabei geworden ist. Hätte ich sie nicht eigentlich nach dem Kreuz fragen müssen? Aber in ihrer Gegenwart da habe ich mich irgendwie ganz verwirrt gefühlt und überhaupt nicht dominant.

Mir ist dauernd die Frage im Kopf herumgeschwirrt, was sie denn nun wohl von mir erwartet und was ich als nächstes tue. Da hat sie schon bezahlt gehabt und »Gehen wir?« zu mir gesagt. Ich habe dann auch gleich gezahlt. Als wir aus dem Café raus sind, da bin ich mit der Schuhspitze an der großen Fußmatte aus Sisal hängen geblieben. Beinahe hätte es mich lang hingehauen. Himmel war mir das unangenehm. Was sollte die Dagmar bloß von ihrem Meister denken? Aber die hat nur gelacht und gesagt, ich solle langsam und pfundweise fallen. So ein blöder Witz!

Dann sind wir die drei Treppen zu ihrer Wohnung rauf gestiefelt. Sie wohnt am Rand von der Altstadt. In der Wohnung konnte man sehen, dass sie handwerklich wirklich was drauf hat. Ungewöhnlich für eine Frau. Eigentlich ist das doch Männersache. Jedenfalls muss sie ihre ganze Wohnung selber gestrichen und tapeziert haben. Und die Zimmertüren waren auch tipptopp lackiert.

Das Kreuz sah auch Klasse aus. Hatte sie aus dicken Bohlen geschreinert, schwarz lackiert und an die Wand geschraubt. Und seitlich an dem Kreuz hatte sie 'ne ganze Menge Haken reingedreht. Hab ich mal fachmännisch getan und an einem gerüttelt, um zu prüfen, ob der auch fest sitzt. Leider hab ich ihn dabei abgebrochen. Weis gar nicht, wie das passieren konnte. Aber sie hat gelacht und gemeint: »Uih, hast du Kraft.« Fand ich richtig nett von ihr.

Wir haben uns dann für den kommenden Tag um die gleiche Zeit wieder bei meiner Sklavin zuhause verabredet.

3. März

Hab die ganze Nacht unruhig geschlafen. Weil ich mich gefragt habe, auf was ich mich da eingelassen habe. Eine Sklavin im Chat zu dominieren ist ja spannend und manchmal richtig geil. Aber nun musste ich ja real etwas bringen.

Und als ich endlich eingeschlafen bin, da habe ich davon geträumt, dass ich kleine-blonde-sub mit Ketten gefesselt habe. Anschließend hab ich die Ketten mit drei schweren Vorhängeschlössern gesichert. Als ich die Dagmar dann wieder befreien wollte, da hab ich doch die dämlichen Schlösser nicht aufgekriegt! Alle Schlüssel sind nacheinander abgebrochen. Da hat sie mir dann gesagt, wo ihre Eisensäge im Wandschrank liegt. Und ich hab stundenlang gesägt, um die dämlichen Ketten durch zu kriegen. Ging aber einfach nicht. Bin klatschnass geschwitzt aufgewacht, als der Wecker geklingelt hat.

Na ja, nachmittags um Fünf bin ich dann wieder bei der Dagmar zuhause gewesen. Ich hatte sicherheitshalber eine Nylonwäscheleine, ein Paket Klammern und einen von unseren alten Kochlöffeln in einer neutralen Plastiktüte dabei. Hätte sie doch vorher noch mal fragen sollen, was sie inzwischen so alles im Haus hat. Aber als gute Sklavin hätte sie mir das gestern eigentlich von sich aus erzählen müssen, oder?

Sie hat die Wohnungstür nur angelehnt gehabt, und hat mich kniend und pudelnackig erwartet. Sah richtig scharf aus. Ich hab sie dann erst einmal nach einem Bier gefragt, weil ich doch so einen Durst hatte nach den versalzenen Frikadellen von der Iris. Schien der Dagmar irgendwie nicht recht zu sein. Weil, sie hat so komisch geguckt, als sie mir das Bier gebracht hat.

Ich hab mir also einen guten Zug aus der Flasche gegönnt. Und dann hab ich meine Sklavin gefragt, ob ich sie vielleicht zuerst fesseln soll, oder was sie denn gerne machen würde. Ja, fesseln wäre schon okay, hat die Dagmar da gesagt. Und ich habe noch gesagt, dass ich sie von jetzt an als sklavin-d anreden würde. Ob sie da was dagegen hätte? Nö, hat sie geantwortet, das wäre schon okay. Und ich sollte nur machen, wie ich denke. Wenn ich ja nur gewusst hätte, was ich alles denken soll!

Ich hab dann noch einen guten Schluck aus der Bierflasche genommen und dann die Wäscheleine aus der Plastiktüte geholt. In der Zwischenzeit sollte sklavin-d schön mit über dem Kopf erhobenen Armen in der Mitte vom Zimmer stehen bleiben. Dass die Hersteller die Haushaltszubehörsachen immer so feste in Folie einschweißen müssen. Mit dem Brieföffner von der Dagmar hab ich dann die Folie um die Wäscheleine endlich aufbekommen. Hab mich dabei aber übel in den linken Mittelfinger geschnitten. Das Blut ist nur so getropft auf Dagmars Teppich.

Meine Sklavin hat mich ganz groß angeschaut. Und ich hab sie angeschnauzt, sie sollte nicht so blöd gucken und lieber schleunigst ein Pflaster holen. Sie hat gesagt, sie hätte kein Pflaster im Haus, ob es ein Taschentuch von ihrem Ex auch täte? Sie ist dann losgelaufen ins Schlafzimmer. Ich hab ihr nachgerufen, dass sie nächstens »Mein Herr« nicht zu vergessen hätte, wenn sie mich anspricht.

sklavin-d hat mir dann mit dem Taschentuch den Finger verbunden und Klebeband drumgewickelt, damit das hält. Ich hab mich dann wieder vor ihr aufgebaut und sie in die Zimmermitte zurückbefohlen. Dann bin ich zweimal um sie herumgegangen und hab sie von oben bis unten begutachtet. Hab ich mal gelesen im www. , dass der Dom das machen muss. Weil, die Sklavin soll sich ja keine Schlampigkeit leisten dürfen. Ich hab gesehen, dass sie zwischen den Beinen ziemlich behaart ist. Das würden wir später noch ändern, hab ich ihr da mit strenger Stimme gesagt. Nur, meine Stimme war wieder so krächzig wie gestern. Ich verstehe das nicht, wie das kommt.

Ich habe dann die Wäscheleine auseinandergefummelt. Das Zeug scheint schon im Werk völlig idiotisch zusammengerollt zu werden. Als ich sie endlich auseinander bekommen hatte, da waren eine Vase und eine Schusterpalme auf dem Boden gelandet. Was stellt eine Sklavin auch so einen Kram ins Wohnzimmer? sklavin-d hat die ganze Zeit schön den Mund gehalten und nur manchmal so komisch mit den Augen gerollt. Vielleicht war ihr inzwischen ja auch kalt?

Ich habe dann angefangen, mein Sklavin richtig feste zu fesseln. Sollte ja nichts rutschen, wenn sie da vielleicht so zwei drei Stunden von mir erzogen wird. An ihren Fußknöcheln hab ich angefangen. Als ich endlich an ihrem Bauch angekommen war, da war kaum noch was von der Wäscheleine übrig. Und die Dagmar hat plötzlich angefangen zu jammern, dass das an den Beinen wehtun würde. Und überhaupt hätte sie Hunger und ganz dringend aufs Klo müsste sie auch.

Nie hätte ich gedacht, dass eine Sklavin so ein Jammerlappen sein könnte. Als sie mit dem Jammern nicht aufgehört hat, da hab ich die Wäscheleine wieder abgewickelt und hab sie zum Pinkeln geschickt. Und auf dem Rückweg könnte sie uns ja was zu essen aus der Küche holen. Aber vorher sollte sie sich die Finger waschen, habe ich ihr nachgerufen.

Nach zwanzig Minuten ist sie dann mit einem Teller mit belegten Brötchen wiedergekommen. Ich hatte mir inzwischen im Fernsehen einen Sportkanal gesucht und eine Sendung mit 'nem Wrestling-Wettbewerb für Frauen gefunden. Da war echt was geboten. Die Weiber haben sich aber auch gar nichts geschenkt.

sklavin-d hatte eine Menge Seil unter den Arm geklemmt, weil sie ja wegen dem Brötchenteller die Hände nicht frei hatte. Das Seil hat sie vor mir auf den Couchtisch gepackt und gemeint, dass das vielleicht besser fürs Fesseln wäre als die blöde Wäscheleine. Was die sich alles einbildet! Als wenn es nicht völlig Wurst wäre, mit was ich sie fessele? Schließlich muss ich ja als Dom entscheiden, was richtig ist, oder nicht?

Hab ich also noch einmal von vorn angefangen, nachdem wir die Brötchen gegessen hatten und ich mir noch eine zweite Flasche Bier verlangt hatte. Das blöde Seil ist immer gerutscht, und ich musste fest anziehen und ziemlich viele Knoten machen. Aber schließlich hatte ich sie zusammen gebunden, dass sie fast wie ein Rollbraten von unserem Metzger Schmidt ausgesehen hat. Weil sie beim Stehen immer so gewackelt hat, hab ich sie dann gepackt und auf die Couch getragen.

Keine halbe Stunde hat sie da gelegen, während ich versucht habe, die dusseligen Wäscheklammern an ihre Brust zu klemmen. Dabei hat sie dauernd »Aua«, und »da nicht«, gejammert. Es war fast nicht anzuhören. Inzwischen war ich schon über vier Stunden bei meiner Sklavin. Plötzlich hat sie gemeint, dass sie ihren rechten Arm gar nicht mehr merken würde. Ich hab sie in den Arm gekniffen und auch mal nach dem Seil geguckt. Aber das saß immer noch richtig schön fest.

Aber sklavin-d hat immer mehr gejammert, und sich auch nicht um meine Befehle gekümmert, dass sie gefälligst den Mund zu halten hätte. Da hab ich mir nicht anders zu helfen gewusst, als das Seil wieder auf zu machen. Irgendwie sah ihr Arm auch mehr blau als rosig aus. Aber ich hab mir da gar nichts weiter bei gedacht. Irgendwann hab ich einen von den vielen Knoten einfach nicht mehr aufbekommen. Das Seil hat wohl überhaupt nichts getaugt. Ich musste in der Küche ein Messer suchen und hab das ganze Seil dann einfach überall, wo ich konnte, aufgeschnitten. Und dann hatte ich die Dagmar aus dem verknoteten und verhedderten Zeug frei.

Sie hat nur geheult, dass sie ihren Arm kaum noch merkt. Und dass ihr furchtbar kalt ist. Aber mir hat das Muster von dem Seil, dass sich in ihre Haut gedrückt hat, irre gut gefallen, so dass ich erst gar nicht wollte, dass sie sich mit einer Decke auf der Couch zudeckt. Als ich gesagt habe, sie soll sich nicht so anstellen, das wäre beim Fesseln halt so, Ess-Emm wäre ja nichts aus dem Mädchen-Pensionat, da hat sie einfach die Decke über sich gezogen. Dann hat sie sich rumgedreht und trotzig zur Wand geguckt. Frauen scheinen alle zickig zu sein!

Ich hab dann gesagt, wenn sie keine Lust mehr hätte, dann könnte ich ja nachhause fahren. Es wäre ja schon Zehn durch. Da hat die Dagmar richtig angefangen zu flennen. Ich hab dann gesagt, ich würde nun gehen. Und ob ich am nächsten Nachmittag wieder zu ihr kommen sollte, weil sie doch Urlaub hätte. Sie hat den Kopf geschüttelt und was von Telefonieren geschluchzt. Na ja, wenn sie meint. Sklavinnen sind nicht einfach zu verstehen für einen Mann!

4. März

Heute war die sklavin-d irgendwie nicht gut drauf. Beim Telefonieren musste ich ihr richtig die Würmer aus der Nase ziehen.

Ich habe ihr gesagt, dass ich unsere Session prima gefunden hätte, und dass sie richtig tapfer gewesen wäre. Ich wollte sie halt ein bisschen aufmuntern. Da hat sie aber bestimmt zwei Minuten gar nichts gesagt. Es hat sich angehört, als müsste sie dauernd schlucken.

Außerdem habe ich ihr erklärt, dass das beim ersten Mal meistens so wäre, dass es weh täte. Habe ich jedenfalls im www. mal auf einer Seite gelesen. Die war von einem, der sich Kerkermeister genannt hat. Da hat sie mich angefahren, ob ich spinnen würde. Außerdem würde sie jetzt mit ihrem Arm erst mal zum Arzt gehen, weil sie da an einer Stelle immer noch kein Gefühl hätte.

Sie hat gesagt, ich könnte mich ja morgen wieder melden. Und dauernd hat sie die richtige Anrede, mit Meister und so, vergessen.

5. März

Bei meiner Sklavin konnte ich nicht gleich anrufen. Erst hat Iris darauf bestanden, dass ich sie zum Wocheneinkauf kutschiere. Dann wollte sie noch in ein paar Schuhgeschäften nach blauen Sandaletten gucken. Mit je einem Paar roten und blauen Pumps, oder wie die Dinger heißen, waren wir dann kurz vor Vier wieder zuhause. Was braucht die Iris eigentlich gleich zwei paar Schuhe auf einmal? Mehr als ein Paar kann sie doch gar nicht anziehen.

Als ich das gesagt hatte, da ging die Iris hoch wie eine Granate. Ich würde mich überhaupt nicht um sie kümmern. Und im Garten hätte ich auch noch nichts gemacht. Der sähe aus wie eine Viehweide. Die Weiber haben doch immer was an uns Männern herum zu meckern!

Von unserer Telefongesellschaft war auch Post im Briefkasten. Die haben vielleicht einen Knall. Die haben geschrieben, dass ich gefälligst meine Rechnung zu bezahlen hätte, wenn ich nicht nachweisen könnte, dass ich nicht auf den Seiten gewesen wäre, die sie mir in Rechnung stellen müssten. Die spinnen doch, die Römer! Na, die bekommen von mir noch einen gesalzenen Brief zurück!

Um meinen Zorn los zu werden, bin ich dann wieder ins www. , weil der Micha war ja zum Training, und ich konnte da mal wieder nach Herzenslust stöbern. Ich hab eine Seite aus Österreich gefunden, von einer Frau, die ein weiblicher Dom ist und sich Helene nennt. Hatte einer einen Link zu der auf seiner Homepage. Au weia, da habe ich bei der sklavin-d wohl doch vielleicht einiges falsch gemacht? Aber, wie sagt der Trainer vom Micha immer? »Nobody is perfect.«

Und dann hab ich noch eine Bondage-Seite, also eine über Fesseln, gefunden. Das muss ja doch ganz anders aussehen, als ich das gemacht habe. Aber die Dagmar hätte sich ja ruhig auch selbst vorher mal schlau machen können. Muss man denn als Meister immer alles selber wissen und an alles denken? Na ja, ich hab mir die Bilder und die Erklärungen ganz genau angesehen. Jetzt weiß ich, wie das richtig geht mit dem Fesseln!

Dann bin ich noch raus, um Zigaretten zu holen. Und hab die Dagmar doch noch angerufen. Die hat ganz kleinlaut geklungen. Ob sie was falsch gemacht hätte, weil ich sie nicht angerufen hätte. Da habe ich ihr natürlich nichts von meiner Weiterbildung im www. gesagt. Ich hab ihr nur erklärt, dass das mit dem Einkaufen mit der Iris so lange gedauert hat. Ob ich morgen wieder vorbei kommen würde, hat sie mich gefragt.

Ich hab ihr gesagt, dass ich das noch überlegen muss. Und dass ich sie morgen Vormittag anrufen würde. Soll sie sich nächstens dreimal überlegen, ehe sie mir die Ohren voll heult. Ich hab mir die Seiten mit dem Fesseln und ein paar Sachen von der Helene ausgedruckt, als ich wieder zuhause war. Wenn ich schon das schwarze Buch von dem Grimme nicht habe, dann muss ich mir eben anders helfen. Selbst ist der Dom!

10. März

Die letzten Tage war ich mal wieder im Chat. Als Meister muss man sich da ja schließlich sehen lassen. Und dann bekommt man auch mit, ob es neue Sklavinnen gibt. Als Dom soll man ja auf dem Laufenden sein.

Da kriege ich doch mit, wie sich drei so ewig aufrührerische Sklavinnen über jemanden lustig machen. Konnte leider nicht mehr weit genug zurücklesen, um von dem den Namen herauszufinden, um den es ging. Jedenfalls haben sie ihn ALDI-Dom und Dumm-Dumm tituliert. Ja, glaubt man denn so etwas? Die eine sagt doch glatt, der hätte seine Dominanz bei ALDI am Wühltisch abgestaubt. Und eine andere, dass es Doms wie den im Dutzend billiger gäbe, und dass sie so einen nicht geschenkt haben möchte.

Hat man denn dafür Töne? Seit wann dürfen die Sklavinnen sich denn ein Urteil über die Meister erlauben? Also, wenn ich die drei greifbar gehabt hätte, die wären ein Fall für das Anbinden an der Viehtränke gewesen. Und dann hätte ich denen mit einem Teppichklopfer die nackten Hintern versohlt. Was sollen denn die Neuen denken? Da geht ja die ganze Disziplin zum Teufel!

Hab ich natürlich auch im Chat geschrieben. Dass die drei undankbare Schlampen wären. Und dass sie wahrscheinlich nur sauer wären, weil sie noch kein Meister hätte haben wollen. Da ist der Mob da plötzlich über mich hergefallen. Ich sollte mich doch nicht so aufblasen. Was ich überhaupt mitzureden hätte? Ich müsste doch dankbar sein, wenn mich eine Sklavin überhaupt mit einer Arschbacke angucken täte.

Oh, ich war ja so sauer. Und da habe ich die drei da ordentlich zur Schnecke gemacht. Hab nur noch in Grossbuchstaben geschrieben! Aber die scheint das gar nicht beeindruckt zu haben. Großkotz bin ich geheißen worden, arrogantes Arschloch und Ober-Dumm-Dom. Also, das muss ich mir doch wirklich nun nicht bieten lassen. Und da hab ich denen meine besten Schimpfwörter um die Ohren gehauen.

Anschließend hab ich an den Obermotz von dem Chat eine wütende Beschwerdemail geschickt, was das für ein Saustall von Chat wäre, wo ein Meister so behandelt würde. Komisch, seit gestern kann ich mich da nicht mehr einloggen, also reingehen in den Chat. Scheinbar geht der nicht. Hätte zu gerne gewusst, ob diese drei Schlampen jetzt gesperrt sind.

Mit meiner Sklavin war ich gestern wieder in dem Eiscafé. Sie hat am Handy gemeint, wir müssten mal reden. Auch wegen ihrem Arm und so. Also, ich hab mir ja im Stillen gedacht, was das bringen soll, aber dann bin ich doch hingegangen.

Die Dagmar hat dann erzählt, dass der Arzt gesagt hat, dass wohl irgendwas einen Nerv in ihrem Arm blockiert hätte. Und dann erzählt die Frau dem Doktor doch glatt, wie das gekommen ist. Ja, ist die denn von allen guten Geistern verlassen? So etwas erzählt man doch nicht seinem Arzt! Aber der hätte ihr erklärt, dass man Seile nicht so fest wickeln dürfte, dass das Blut nicht gestaut werden soll. Und wenn sich irgendwas taub anfühlen würde, dann müsste man das Seil schnell wieder losmachen. Wieso versteht denn ein Arzt was von Ess-Emm? Machen die etwa auch solche Sachen?

Na, auf der Seite mit dem Fesseln, da stand ja auch so ein Hinweis. Daran hab ich mich erinnert. Aber wenn man auf so viel Sachen aufpassen muss, dann macht es ja gar keinen Spaß mehr, ein Meister zu sein. Hab ich aber nur im Stillen gedacht und nicht zu der sklavin-d gesagt. Man muss ja immer cool und souvedings, also über den Dingen, sein. Sagen jedenfalls die anderen Doms und Meister immer.

Also, der sklavin-d hab ich jedenfalls gesagt, dass sie immer was sagen muss, wenn sie merkt, dass beim Fesseln eine Stelle taub wird. Weil ich nicht wollte, dass sie hinterher wieder zum Arzt gehen muss.

Würde ja so aussehen, als ob ich keine Ahnung hätte. Da hat die Dagmar ganz komisch gelacht und gesagt: »Meisterchen, das lernst du schon noch.« Nimmt die mich etwa nicht für voll?

Ich habe mich dann mit ihr für den nächsten Tag wieder bei ihr verabredet. Und ich hab ihr gesagt, dass sie sich etwas wünschen könnte, was wir machen sollen. Da hat sie ganz laut und mit leuchtenden Augen gesagt, dass sie mal ordentlich den Hintern verhauen kriegen möchte. Ich glaube, das müssen einige Leute in dem Café gehört haben. Einige von den Frauen da haben jedenfalls ganz komisch geguckt und dann miteinander getuschelt.

12. März

Diesmal haben wir uns erst um sechs Uhr abends treffen können, weil die sklavin-d wieder arbeiten und dann auch noch einkaufen musste. Kann sich denn keine Frau ihre Zeit vernünftig einteilen? Ich glaube, die hat das nur gemacht, um mich zu ärgern.

Ich hatte mir die ganze Nacht Gedanken gemacht, mit was ich sie verhauen soll, weil, ich hab ja noch keine Gerte und keine Peitsche. Und dann ist mir zu meiner Erleichterung eingefallen, dass ich ja schon beim ersten Besuch den Kochlöffel mitgenommen hatte. Der würde bestimmt gehen. Aber ich muss wirklich dringend mal zum Reit- und Fahrverein. Ein Meister ohne standesgemäße Gerte oder Peitsche, wie sieht denn das aus?

Die Wohnungstür war auch diesmal wieder nur angelehnt und sklavin-d hat wieder zwei Meter hinter der Tür gekniet und hat ganz devot und mit glänzenden Augen geguckt. Da war vielleicht in meiner Hose der Teufel los. Aber ich hab mich natürlich beherrscht. Ich weiß ja schließlich, wie man sich als Dominanter in einem solchen Moment aufzuführen hat.

Ich hab ihr dann befohlen, mir ein Bier zu holen. Hab ich erst mal einen ordentlichen Schluck gegen den Durst genommen. Dann hab ich gesagt, dass sie, wie sie sich das gewünscht hätte, nun ordentlich den Arsch voll bekommen würde. Und ich hab den großen Kochlöffel aus der Plastiktasche geholt und ihr gesagt, sie dürfte schon mal dran schnuppern. Damit sie wüsste, wie Aua riecht. Da hat sie schon wieder so komisch mit den Augen gerollt. Aber etwas zu sagen, hat die Dagmar sich nicht getraut.

Und ich habe ihr dann gesagt, wenn wieder etwas taub würde, dann sollte sie das unbedingt gleich sagen. Und dann hab ich ihr befohlen, sich hinter die Sessellehne zu stellen und dann nach vorn gebeugt mit den Armen auf dem Sitz vom Sessel abzustützen. Ja, und dann bin ich erst mal ein paar Male um den Sessel herum gegangen. Weil, die Dagmar war ja nackig, wie das eine richtige Sklavin bei ihrem Meister sein muss. Und ich fand, das sah gut aus, wie sie da so über die Sessellehne gebeugt gestanden hat.

Sie solle ja jeden Schlag laut mitzählen, hab ich ihr dann mit strenger Stimme befohlen. Und diesmal hat sie auch nicht gekrächzt. Dann hab ich gefragt, ob sie fertig wäre für ihre Hiebe. »Ja«, hat sie dann ziemlich unsicher gesagt.

Ich habe also ausgeholt und ihr mit dem Kochlöffel ordentlich einen auf die rechte Hinterbacke gegeben. »Auaaaa,« hat die Dagmar da gesagt und dann ganz schnell »Eins,« und gleich noch mal lauter »Aua.« Das Aua-Gejammere könnte sie sich sparen, habe ich ihr gesagt. Ich müsste mich schließlich konzentrieren. Und dann hab ich ihr den Kochlöffel auf die linke Hinterbacke gehauen. Aber da bin ich irgendwie blöd aufgekommen. sklavin-d hat mit den Füssen getrippelt, als ob sie aufs Klo müsste und laut »Auuuu,« und »Zwei,« gesagt.

Da habe ich sie noch mal angewiesen, sich das Gejammer zu verkneifen, sonst würde ich ihr das Höschen als Knebel zwischen die Zähne stecken. Ich hab nämlich gehört, dass die anderen Meister das auch öfter machen würden. Und was die können, das kann ich doch schon lange!

Und dann hab ich ihr nacheinander zehn feste auf ihre rechte Hinterbacke gegeben. Für die stand ich irgendwie günstiger. Die sklavin-d ist aber beim Zählen nur bis fünf gekommen. Ihr Pech, hab ich gedacht, dann kriegt sie gleich noch fünf. Und vielleicht würde sie dann mit ihrem Gewimmer endlich aufhören. Und die Knie hatte sie auch ganz albern zusammengeklemmt. Das ist doch keine Haltung, wenn man als Sklavin seine Dresche kriegt!

Also habe ich ausgeholt und ihr die fünf Hiebe schön fest auf die rechte Hinterbacke gegeben. Das ist die doch von dem Sessel weggesprungen, hat nur noch »Auuuuu-Auuu-Auuuuuuu,« geschrieen und sich auf den Boden geschmissen. Und hin und her hat sie sich gewälzt, mit dem Beinen gestrampelt und immer wieder an ihren Hintern gefasst. Dabei die ganze Zeit dieses dämliche »Auaaaaa-Auaaaaa-Auuuuuu.«

Ich hab sie angeranzt, dass sie endlich die Klappe halten und sich wieder ordentlich an den Sessel stellen sollte. Sie wäre schließlich eine Sklavin, die zu gehorchen hätte. Da hat sie ganz laut das Flennen angefangen. Das ganze Make-Up ist ihr zerlaufen. Furchtbar hat sie ausgesehen in dem Moment. Und sie hat überhaupt mit dem Flennen gar nicht mehr aufhören wollen, hat immer noch mit den Beinen wie wild gestrampelt und sich auf dem Teppich gewälzt. Ob die vielleicht so etwas wie ein Weichei ist, von dem einige Doms im Chat mal geschrieben haben?

Na, schließlich konnte ich das nicht mehr mit ansehen und bin hin und hab sie hochgezogen und auf die Füsse gestellt. Sie hat aber immer noch mit den Beinen gehampelt und immerzu »Auaaaaa-Auaaaaa-Auuuuuu,« geschrien und geschluchzt. Ich hab ihr dann gesagt, sie soll sich nicht so haben. Das bisschen Kochlöffelgeklappse! Schließlich hätte sie doch die Haue haben wollen. Und dann hab ich sie zum Spaß in die rechte Hinterbacke gekniffen. Die hat sich dabei aber ganz komisch angefühlt.

Die Dagmar ist in dem Moment wie ein Furie herumgefahren und hat mir ihr Knie furchtbar in die Familienjuwelen gerammt.

Als ich dann wieder zu mir kam, hatte ich wahnsinnige Schmerzen im Schritt und wusste gar nicht richtig, wo ich war. Die Dagmar lag auf dem Sofa und hat andauernd ein Handtuch in einer Waschschüssel nassgemacht und sich auf ihren Hintern gelegt. Ich saß so halb an die Wand gelehnt auf dem Fußboden. Ja, und die Schmerzen waren furchtbar. Meister zu sein, ist ganz schön riskant!

In dem Moment hat die Dagmar das Handtuch wieder nass gemacht, ausgewrungen und auf ihre rechte Hinterbacke gelegt. Und »Dreckskerl,« hat sie mir mit wütendem Blick zugezischt. Ich hab mich dann mühsam aufgerappelt. So etwas sagt jemand nicht zweimal zu mir. »Weichei,« hab ich sie angefaucht und bin dann wortlos aus der Tür gehinkt. So richtig meisterlich würdevoll laufen ging einfach nicht. So sehr haben mir meine Einzelteile im Schritt wehgetan.

Musste zum Arzt. Meine Kronjuwelen waren böse geschwollen. Die Dagmar könnte ich grad erwürgen. So etwas Unbeherrschtes! Der Doktor hat mich ganz erstaunt untersucht. Ich habe ihm gesagt, ich wäre in eine Rempelei in unserer Kneipe geraten. Da wollte er wissen, wer mir das Ding verpasst hätte. Es ginge um Haftungsrechtliches und dass die Krankenkasse sich vielleicht die Behandlungskosten zurückholen will. Hab ich fast fünf Minuten gebraucht, ihm zu erklären, dass ich nicht wüsste, von wem ich da das Knie abbekommen hätte. Er hat mir wohl nicht so ganz geglaubt, mir dann aber Medikamente aufgeschrieben, und ich sollte wiederkommen, wenn es nicht besser würde.

Vor der Iris muss ich meine Verletzung ja auch verstecken. Die glaubt mir das bestimmt nicht, dass ich nicht wüsste, wer mich da so zugerichtet hat. Hoffentlich wirken die Medikamente schnell, die mir der Apotheker gegeben hat. Ich kann ja auch nur ganz vorsichtig laufen. Die Leute haben irgendwie komisch geguckt, als ich aus der Apotheke auf die Strasse gegangen bin. Tut ja auch höllisch weh!

Dann hab ich noch bei der Dagmar angerufen. Die hat am Telefon nur geheult, dass ihre rechte Arschbacke blauviolett wäre und dass sie nicht sitzen könnte. Lieber Himmel! Von den paar Schlägen mit dem Kochlöffel? Bin ich also zu ihr hin, weil sie ja so nicht zur Arbeit gekonnt hat und zuhause war.

Sah schon komisch verschwollen aus, ihr Allerwertester. Eigentlich wie ein riesiger Bluterguss. Hätte ich nie gedacht, dass ein Kochlöffel so eine Wirkung hat. Ich hab ihr aber zum Beruhigen gesagt, dass mir so etwas bisher noch nie passiert wäre und ich mir das gar nicht erklären könnte. Und dann habe ich ihr was von meiner Salbe gegen Schwellungen auf den Hintern aufgetragen. Was bei mir helfen soll, dass kann bei ihr doch nicht schaden? Aber sie hat nur aufgejault, dass das brennen würde. Und hat dann einen richtigen Weinkrampf gekriegt.

Himmel nochmal, was macht man als Meister in so einer Lage? Ich dachte so bei mir, dass es wohl das Beste wäre, sie in Ruhe zu lassen und nachhause zu fahren. Aber die sklavin-d hat sich ja so was von an mich geklammert. Da hab ich der dann den Rücken gestreichelt und sie gedrückt und sie versucht, wie ein kleines Kind zu beruhigen. Irgendwie war mir das alles richtig unangenehm. Und da hat sie sich plötzlich richtig dolle an mich gekuschelt und gemeint, dass sie ja eine richtig blöde Kuh wäre, so einen Aufstand zu machen. Dabei sollte sie doch froh sein, überhaupt einen Meister abbekommen zu haben.

Ich habe ihr dann noch mal den Hintern mit der Salbe eingerieben. Ein bisschen war die Schwellung auch schon weniger geworden. Aber zu verstehen, was in einer Sklavin vorgeht, das hat mir das auch nicht geholfen. Sind schon komisch die Frauen, finde ich.

18. März

Also, das mit dem Reit- und Fahrverein, das war nichts. Der Kassierer hat mich ganz verständnislos angeguckt, was ich denn mit einer Reitgerte wollte. Wir hätten doch gar keine eigenen Pferde. Und dann hat er so blöd gelacht, der ignorante Wichser. Aber gebrauchte Gerten gäbe es sowieso nicht bei ihnen zu kaufen. Ich sollte doch mal bei Müllers Reitsportbedarf vorbei gehen. Dann hat er den Kopf geschüttelt und hat mich einfach stehen gelassen. So ein hochnäsiger Affe!

Na ja, dann war ich in dem Geschäft in der Hauptstrasse. Also das war echt genial. Ich wusste gar nicht, dass es so viele verschiedene Arten von Reitgerten gibt und auch unterschiedlich lange. Die Frau Müller war nur im Geschäft. Die musste aber eine Kundin bedienen. Da konnte ich mich in aller Ruhe umsehen.

Ich hab dann eine sehr dünne genommen, damit das nicht wieder so feiste Blutergüsse gibt. Lang ist sie so etwas weniger als anderthalb Meter. Die hat so klasse gesirrt, wenn ich sie probehalber durch die Luft hab schlagen lassen. War sogar nicht mal besonders teuer. Sollte ich mal den anderen Ess-Emmern erzählen. Die bezahlen bestimmt ein Heidengeld in den speziellen Shops.

Bin schon ganz gespannt, was sklavin-d für Augen machen wird, wenn ich ihr meine Gerte zeige und mit ihr ausprobiere. Und auf der linken Hinterbacke hat sie ja so gut wie nichts.

19. März

Und weil das mit der Reitsportgerte für meine Sklavin so gut geklappt hatte, hab ich heute auch noch bei dem Laden aus Flensburg mit den vielen Filialen einen Besuch gemacht. War mir ja schon ein bisschen peinlich, da einfach rein zu gehen. Ich hab mich aber dreimal umgeguckt, ob mich jemand sieht, den ich kenne. War aber niemand auf der Strasse. Nur drei so rotznäsige Schulmädchen, so um die fünfzehn Jahre alt, die haben wie aus einem Mund »Uihhh,« getönt. Und irgendwie habe ich noch was von notgeil gehört. Diese ahnungslosen Puten!

Ja, und dann habe ich da in dem Laden vor Staunen den Mund nicht mehr zugekriegt. Was die da alles haben. An so einem Gitterregal habe ich eine Peitsche entdeckt. Die war ganz aus Leder und so zwei Meter lang. Das wäre ein Messemodell, hat mir die Frau von der Beate Uhse im Laden gesagt. Die würden sie ganz preiswert anbieten.

Die Frau war riesig nett, auch wenn sie für meinen Geschmack viel zu stark geschminkt war. Ihr Rock war auch mehr ein Gürtel als ein Rock. Sie wollte mir gleich zeigen, wie die Peitsche sich anfühlt. Aber warum gerade bei mir? Im Laden die Hosen runter lassen, ich weiß nicht? Und außerdem, ein Meister darf sich doch nicht auspeitschen lassen, denke ich mir mal.

Ich habe die Peitsche dann gekauft. Richtig gut kam ich mir vor, als ich bei Beate Uhse da aus dem Laden gegangen bin. Iris hätte wohl wieder gesagt: »Ach, biste nun zehn Zentimeter größer?« Aber, was weiß die denn schon, was in uns Meistern vorgeht!

20. März

Ich war wieder bei meiner Sklavin. Sie kann jetzt schon wieder auf einer Seite vom Hintern sitzen. Aber die rechte Arschbacke, die schillert wie ein Regenbogen. Ich komme immer noch nicht darüber weg, was ein simpler Kochlöffel für eine Wirkung hat.

Als ich sklavin-d die Gerte und die Peitsche gezeigt habe, da hat sie vielleicht große Augen gemacht. Und eine Gänsehaut hat sie bekommen. Ich konnte richtig sehen, wie sich ihr die Härchen im Nacken und auf den Armen aufgestellt haben.

Ja, und dann habe ich gesagt, dass ich ihr mal zeigen wollte, wie so eine Peitsche schön durch die Luft schneidet. Habe ich jedenfalls mal gelesen, dass die das tut. Und so schwer konnte die Handhabung ja gar nicht sein, wenn das selbst früher die einfältigen Fuhrknechte mit Volksschulabschluss geschafft haben.

Dagmar hat noch schnell ein paar Zimmerpflanzen und eine Vase in die Küche getragen. Zur Sicherheit, hat sie gemeint. So ein Hasenfuss, diese Frau! Ich habe mich also schön breitbeinig mitten in ihr Wohnzimmer gestellt und dann mit der Peitsche ausgeholt.

Plötzlich hat mir irgendetwas mitten auf die Stirn geschlagen. Und die linke Augenbraue hat sich angefühlt, als ob mir da jemand ein Messer drüber gezogen hätte. Und da hat meine Sklavin auch schon geschrieen wie am Spiess. Mir ist etwas Warmes über das Gesicht gelaufen. Dann gingen bei mir alle Lampen aus.

Wie ich wieder zu mir kam, hab ich auf dem Boden gelegen und die Dagmar hat mir ein Handtuch auf die Augenbraue gedrückt. Es hat höllisch weh getan und schlecht war mir auch. Meine Sklavin hat gemeint, ich müsste dringend ins Krankenhaus mit dem Riss. Das müsste genäht werden. Da gingen bei mir noch mal die Lichter aus.

Als ich dann wieder zu mir kam, hat sklavin-d gesagt, sie würde jetzt ein Taxi bestellen. Denn mit ihrem kaputten Hintern könnte sie mich ja nicht zum Krankenhaus fahren. Das Taxi kam dann und ich bin mit zittrigen Beinen die Treppe runter und eingestiegen. Beinahe wollte mich der Taxifahrer gar nicht fahren. Er hat mich angeschnauzt, dass ich ihm ja seine Sitze nicht versauen soll. Aber ich hatte selber genug Probleme mit der Augenbraue, da war es mir egal, was der da geblubbert hat. Aber wenn ich den noch einmal wieder treffe, dann kriegt er was zu hören!

Der Arzt in der Ambulanz wollte mir nicht glauben, dass ich an einem vorstehenden Nagel hängen geblieben bin. Der hat die ganze Zeit davon gefaselt, dass da doch jemand mit dem Messer auf mich losgegangen sein muss. Aber dann haben sie mich endlich wieder zusammengeflickt. Sechs Stiche waren das. Und die örtliche Betäubung hat nicht richtig gewirkt. Bei der Tetanusspritze, die sie mir gegeben haben, ist mir wieder schlecht geworden. Hätte ich jemals geahnt, was einem als Dom alles passieren kann, dann hätte ich um Ess-Emm vielleicht einen weiten Bogen gemacht. So habe ich nur versuchen können, die Zähne zusammen zu beissen und nicht zu laut vor Schmerzen zu schreien. Eigentlich war ich doch ganz tapfer!

21. März

Die Iris hat sich vielleicht erschrocken, als ich mit dem Verband um die Stirne nachhause gekommen bin. Ich habe ihr was erzählt, dass ich mich an der Kofferraumklappe vom Auto geschnitten hätte. Sie hat mir das ausnahmsweise geglaubt.

Ich habe aber auch ein Riesenpech gehabt in den paar Tagen. Erst auf die Glocken und dann auf die Zwölf. Als Meister hat man es wirklich nicht einfach! Und die Dagmar kann stolz sein, als meine Sklavin so einen Dom zu haben, der das alles so gut wegsteckt. Oder nicht?

Am späten Nachmittag hab ich der Iris gesagt, dass ich noch einmal zum Verbandswechsel müsste, und bin zur sklavin-d gefahren. Die hat eine Flasche Wein aufgemacht. Zur Feier des Tages, wie sie gesagt hat. Sie konnte auch nicht richtig sitzen. Da haben wir zusammen auf ihrer Couch gehockt und mussten plötzlich beide wie die Irren lachen.

Wir haben uns kaum wieder eingekriegt. Ich hab der Dagmar dann die Peitsche über das Bild gehängt mit der Giraffe, die sich an einen Baum lehnt, und wo drunter steht, »Muss Liebe schön sein«. Die Frau wollte überhaupt nicht mehr aufhören zu lachen. Beinahe wäre ich böse geworden deswegen. Sie hat nur gegluckst zwischen mehreren Lachanfällen: »Meisterchen... da... hilft nur... üben..., üben..., üben...!«

Dann hat sie sich auf den Boden geschmissen und mit den Fäusten auf den Teppich getrommelt und weitergelacht. Die Frau hatte sich überhaupt nicht mehr unter Kontrolle. Ob Sklavin zu sein, vielleicht doch nicht das Richtige für sie ist? Ich habe ihr dann gesagt, dass ich am nächsten Nachmittag wiederkomme, weil, so konnte ich ja nicht zur Arbeit gehen. Und dann würden wir mal richtig üben.

Nachts konnte ich wegen der Schmerzen kaum schlafen. Und immer, wenn ich mal weggepennt bin, dann hatte ich wieder diesen Traum, wo sich die Peitsche immer in dem Wirtshausschild von unserem Ochsenwirt verfangen hat.

Ich war dann schon um drei Uhr bei der Dagmar. Die Iris ist mir nämlich tierisch auf die Nüsse gegangen. Dauernd kam sie damit, wo ich doch nun schon zu Hause wäre, da könnten wir uns doch mal wieder einen schönen Nachmittag im Bett machen. Was die sich bei meinen lädierten Kronjuwelen wohl unter einem schönen Nachmittag vorgestellt hat. Also auf das Risiko konnte ich mich nicht einlassen. Ich hab wieder einen Verbandswechsel vorgeschoben und bin aus dem Haus.

Bei sklavin-d angekommen war mir das mit dem Üben aber dann doch nicht so ganz geheuer. Man muss ja als Meister das Schicksal nicht dauernd herausfordern. Hab ich mir jedenfalls gedacht. Und da habe ich ihr gesagt, wir könnten ja mal ihre Spreizstange ausprobieren. Und die Dagmar hat ganz glänzende Augen gekriegt. In der Wohnzimmerdecke hat sie für einen Hängesessel einen Haken. Der Sessel ist wohl irgendwann mal bei einer heftigen Nummer zu Bruch gegangen. Sie hatte mal so etwas am Rande erwähnt.

Von dem StrengerDomHannover weiss ich, dass er seine Sklavin öfter an den Füssen aufhängt. Mit einer Spreizstange ginge das ganz einfach. Hab ich mir überlegt, wie man das machen könnte. sklavin-d hat jede Menge Seidentücher. Die wollte ich dann statt lederner Fußfesseln nehmen, weil, die haben wir ja nicht gehabt. Ich habe mir einfach gesagt, ein mutiger Meister kennt keine Probleme, sondern nur Lösungen!

Also musste sich meine Sklavin unter dem Haken auf den Rücken legen. Sie hat noch ein bisschen gestöhnt wegen ihrer Arschbacke. Dann habe ich um jedes Fußgelenk drei lange Seidenschals gebunden. Als ich mal aufgeschaut habe, habe ich gesehen, dass ihr Höschen, was sie anbehalten hatte im Schritt so einen komischen dunklen Fleck hatte. Ich habe mir aber dabei weiter nichts gedacht. Bei Frauen ist sowieso immer alles anders.

Die Schals habe ich dann durch die Ösen von der Spreizstange gefriemelt und festgeknotet. An die Spreizstange kam dann in der Mitte mit mehrfachen Knoten das Seil, was die Dagmar neulich gekauft hatte. Und das Seil habe ich dann durch den Haken von dem ehemaligen Hängesessel gezogen. Dabei ist beinahe noch der Stuhl umgefallen, den ich auf den Couchtisch gestellt hatte, um an den Haken zu kommen.

Jemanden an so einem Haken hoch zu ziehen, das ist gar nicht so einfach. Ich habe mich ganz kräftig in das Seil reinhängen müssen. Am Anfang ging das ja noch. Aber als sklavin-d nur noch mit den Schultern den Boden berührt hat, da musste ich um jeden Zentimeter kämpfen. Und ein Fliegengewicht ist sie aber auch nicht gerade. Dann fing sie auch noch an, sich um sich selber zu drehen und ein bisschen zu pendeln. Dabei ist sie jedes Mal mit ihrem Kopf über den Teppich gerutscht.

Das sah vielleicht komisch aus. Aber lachen konnte ich mir nicht erlauben, ich musste sie ja am Seil hochbekommen. Und ich konnte das Seil auch nicht aus den Händen lassen, weil Dagmar nicht daran gedacht hatte, dass man ja was braucht, wo man das Seil festmachen kann. Wo hat diese Frau bloß ihren Kopf? Ihr Gesicht ist mächtig rot geworden beim Hängen. Die Adern hat man am Hals und an den Schläfen ganz deutlich sehen können. Hatte ich mir so gar nicht vorgestellt.

Ich konnte nichts sonst machen, weil ich die ganze Zeit das Seil mit meiner Sklavin dran festhalten musste. Da habe ich sie nach fünf Minuten dann einfach wieder herunter gelassen. Ein kleiner Flaschenzug wäre vielleicht nicht schlecht gewesen. Und in den Boden muss auch noch ein Haken, wo man dann das Seil fest machen kann. Es hat einige Zeit gedauert, bis ich die Dagmar wieder auf den Füssen hatte. Vor allem die Knoten gingen kaum auf.

Sie musste sich dann erst einmal auf das Sofa setzen, weil ihr ganz schwindelig war. Und das rote Gesicht ging auch nur ganz langsam wieder weg. Im linken Auge hatte sie drei geplatzte Äderchen. Irgendwie ist die Frau nicht richtig belastbar. Ich verstehe das gar nicht, auf den Seiten im www. machen die Doms doch noch ganz viel härtere Sachen. Die haben noch nie geschrieben, dass solche Sachen wie bei uns passieren können!

23. März

Ich habe festgestellt, dass man an einem Sofa prima mit Peitsche und Gerte üben kann. Nur die Nachbarin von der Dagmar hat ganz komisch geguckt, als wir das Zweisitzersofa die Treppe runtergeschleppt und neben der Teppichstange im Hof aufgestellt haben. Das hat furchtbar gestaubt, als ich das Sofa zuerst mit der Gerte durchgeklopft habe. Macht diese Frau denn nicht richtig sauber? Ein Mensch allein in einer Wohnung kann doch unmöglich so viel Dreck machen!

Und dann kam die Peitsche an die Reihe. Diesmal hatte ich mir allerdings von zuhause den alten Mofa-Helm mitgebracht. Hat ein bisschen auf die Naht an der Augenbraue gedrückt, aber noch einmal wollte ich mich vom Doktor nicht zusammen nähen lassen müssen. Es hat alles seine Grenzen. Dagmar hat aus sicherer Entfernung zugesehen. Ich fand das sehr rücksichtsvoll von ihr. Schließlich musste sie ja nicht grundlos etwas abbekommen.

Die Peitsche flog auch richtig gut. Nur einmal ist sie beim Zurückziehen gegen meinen Helm geklatscht. Ich hatte hinterher aber nur einen leichten Striemen auf der Schulter. Die Stellen auf dem Sofa, die ich eigentlich treffen wollte, die habe ich einfach nicht getroffen. Es ist mir ein Rätsel, warum das so gewesen ist.

Dann habe ich ein Ratschen gehört, als ich wieder so schön das eine Rückenpolster anvisiert und die Peitsche durchgezogen hatte. Da höre ich meine Sklavin auch schon entsetzt rufen »Mein schönes Sofa!«. Mitten im Polster war ein gut dreissig Zentimeter langer Riss. Scheiße! Die Nachbarin hat von oben noch gerufen, das käme von solchem Blödsinn. Dazu nähme man einen Ausklopfer. Und dann hat sie das Küchenfenster zugeknallt. Dümmliche Cholerikerin, die!

Ja, dann musste ich die Dagmar schon wieder trösten. Vor lauter Geschluchze von ihr hätten wir das Sofa beinahe nicht wieder in die Wohnung hoch geschafft bekommen. Ich habe ihr hoch und heilig versprochen, dass ich mich ganz schnell darum kümmern würde, wo die nächste Polsterwerkstatt zu finden ist. Wieso meine ich eigentlich, dass ich die sklavin-d was von »Scheiß-Ess-Emm,« habe murmeln hören?

25. März

Gestern habe ich mich im Chat mit BullenpeitschenDom unterhalten. Der hat mir fast eine Stunde lang erzählt, wie sehr er es liebt, seinen Sklavinnen – wieso kann der sich eigentlich mehrere leisten? – mit Peitschen ein Schachbrettmuster auf den Hintern zu zeichnen. Und er hat auch erzählt, dass seine Sklavinnen das auch sehr lieben würden. Er hat dauernd gesagt, dass das ganz einfach wäre und dass er eine ganze Sammlung von Peitschen hätte.

Irgendwie kann ich das nach meinen bisherigen Erfahrungen gar nicht mehr glauben. Aber ein Dom wird doch einen anderen Meister nicht belügen. Der kann doch nicht einfach irgendwelche Märchen erfinden? Ich meine, so etwas ginge doch nicht, oder? Irgendwie wäre das doch gegen die Ehre von einem Ess-Emmer?

Also, ich fände das ganz schlimm, wenn mir da einige etwas vorgelogen hätten. Aber, wenn ich mir da so einige Sachen überlege, die ich auf bestimmten Homepages gelesen habe, dann kommen mir allmählich immer mehr Zweifel. Wenn ich das mit sklavin-d hätte ausprobieren wollen, was die da geschrieben haben, da hätte ich mich vielleicht ganz fürchterlich blamiert. Wie hätte ich denn vor meiner Sklavin dagestanden? Kann man sich denn als Meister noch nicht einmal mehr auf die eigenen Kollegen verlassen??

26. März

In der Galeria einer namhaften Kaufhauskette, wie es so schön heißt, hatten sie im Preis heruntergesetzte Lederhosen. Musste ich natürlich haben, so ein gutes Stück. Man will ja als Dom schließlich nicht herumlaufen wie ein Allerweltsschlurri. Leider konnte ich sie nicht anprobieren, weil dauernd Weiber im puren Kaufrausch die Umkleidekabinen belegt hatten.

Zwei haben mich sogar auf die Seite geschoben, als ich endlich dran war. Ist das nicht die Spitze der Rücksichtslosigkeit? Die Frauen haben da wohl alle Zurückhaltung verloren. Könnte damit zusammenhängen, dass sie Hosen im Schnitt von Herrenjeans als vorteilhaft in der Passform für ihre ausufernden Fahrgestelle entdeckt haben. Wie dem auch sei, die Hose musste ich ohne Anprobe nehmen.

Zuhause stellte sich dann prompt heraus, dass mir die Lederhose zu weit war. Was nun tun? Hab mich bei den anderen Doms mal umgehört. Das bekamen leider zwei von den Sklavinnen mit. Die haben mich dann im Chat angeflüstert, ich solle mich mit der Hose in die gefüllte Badewanne setzen und die Hose dann nachher am Körper trocknen lassen. Hinterher sollte sie angeblich sitzen wie eine Eins.

Wenn man sich einmal auf diese Weibsstücke verlässt, dann ist man verlassen! Ich habe mich also in das wohltemperierte Badewasser verfügt, dem ich vorher noch einen bewährten Badezusatz beigegeben hatte. Was unsere Haut pflegt, kann ja schließlich einer Lederhose nicht abträglich sein, oder?

Anschließend raus aus der Wanne. Da fing der Ärger schon an. Die Hose wollte nicht aufhören, Wasser abzusondern. Iris hat fast einen Schreikrampf bekommen. Die Badvorleger waren im Nu klatschnass, die Hose aber nicht ein Stück trockener. Die Iris hat erklärt, ich käme erst aus dem Bad heraus, wenn die »Scheißhose« – die Frau verwendet Ausdrücke – trocken wäre. Vorher ginge das nur über ihre Leiche.

Ich hab mir vom Micha die Fußballzeitung bringen lassen und hab mich dann auf den Toilettendeckel gesetzt, um die Hose trocknen zu lassen. Als sich nach einer Stunde kaum etwas getan hatte, habe ich mir den Fön von der Iris geschnappt. Wenn man Haare damit trocken kriegt, dann musste das doch auch bei einer Lederhose funktionieren! Wusste gar nicht, dass so ein Püster so verdammt heiße Luft produziert.

Mit viel Glück hab ich keine Verbrennungen an den Beinen gehabt. Na ja, dann hab ich die Hose einfach ausgezogen. Dabei habe ich schon gesehen, dass der Hintern und die Knie in der kurzen Zeit ziemlich ausgebeult waren. Mistige Lederqualität müssen die verwendet haben. Ich also die Hose auf die Waschmaschine gelegt und mir einen Wolf geföhnt. Wieso wird das Leder dabei eigentlich immer härter, kann mir das jemand erklären? Das ist doch ein Naturprodukt!

Nach drei Stunden war die Hose trocken. Aber ich kriegte sie beim Anprobieren kaum über den Hintern, geschweige denn zu. Ich hätte ehrlich heulen können. Dabei hatte ich doch alles richtig gemacht. Zu allem Überfluss steckte die Iris auch noch die Nase zur Tür herein. Dieses Übelste aller weiblichen Übel hat mich doch tatsächlich schallend ausgelacht.

Dann hat sie nur ganz trocken gemeint, wenn ich an dem Schrumpelbeinkleid noch etwas retten wollte, dann sollte ich mir eine Flasche Lederöl besorgen und die Hose damit bearbeiten. Vielleicht würde sie ja ein Stück weit nachgeben. Als wenn die Iris in ihrer Ahnungslosigkeit etwas von Lederhosen für den dominanten Mann verstehen würde!

Bin bei meiner Sklavin gewesen. Die hat mich wieder kniend an der Wohnungstür empfangen. Sieht richtig hingebungsvoll aus mit den nach oben gedrehten Handflächen auf den Oberschenkeln. Weil ihr Hintern immer noch nicht ganz in Ordnung war, musste ich mir leider etwas anderes für die Session einfallen lassen. Wieso braucht so ein dämlicher Bluterguss nur so lange, bis der wieder verschwunden ist?

Also habe ich sklavin-d gefragt, ob sie vielleicht Kerzen im Haus hätte. Kerzen hätte sie keine, aber jede Menge Teelichte, hat sie geantwortet. Ich habe mir gedacht: »Egal, Wachs ist Wachs.« Hab ihr also befohlen, die Dinger zu holen. Was ich denn vorhätte, hat sie mich mit neugierigen Augen gefragt. Das würde sie dann schon sehen, habe ich ihr darauf zur Antwort gegeben.

Als sie mit dem Beutel mit den Teelichtern zurück war, habe ich erst einmal zehn davon angezündet und auf den Couchtisch gestellt. Dann habe ich ihr befohlen, sich auf dem Teppich auf den Bauch zu legen und ihr dann die Augen mit einem von ihren Tüchern verbunden. Da ich irgendwann in den letzten Tagen gelesen hatte, dass es gut wäre, die Muskeln und die Haut von der Sklavin vor einer Session, andere sagen komischerweise Spiel dazu, aufzuwärmen, habe ich angefangen, ihr den Rücken zu massieren. Denn da sollte ja nachher das Wachs drauf kommen.

Die Dagmar hat sich geräkelt und geschnurrt wie eine Katze. Dabei habe ich gar nicht so sanft massiert und ihr hier und da auch mal in den Rücken gekniffen. Wahrscheinlich hat ihr das Massieren richtig gefallen. Nach einer halben Stunde hatte ich keine Kraft mehr in den Händen und habe mir gedacht, ich sollte doch langsam mal anfangen mit dem Wachs. Ich habe ihr gesagt, sie soll schön still liegen bleiben. Ich greife mir also zwei der brennenden Teelichte vom Tisch, in denen auch schon schön flüssiges Wachs drin war. Wie ich mit denen über dem Rücken von der sklavin-d gerade angekommen war, da merkte ich erst, wie verdammt heiß diese Aluminiumschälchen werden!

Hölle, die waren nicht nur heiß, die waren glühend heiß! Und da war es auch schon passiert. Ich konnte die einfach nicht mehr festhalten. Die Finger gingen wie von ganz alleine auf. Und die Teelichter sind mit dem ganzen flüssigen Wachs runter auf den Rücken von meiner Sklavin. Ich bin ja erst einmal in die Küche gerannt und hab mir die Finger unter dem kalten Wasser am Spülbecken gekühlt. Aus dem Wohnzimmer habe ich die Dagmar kreischen und fluchen gehört. Irgendetwas mit »Verdammter Idiot« war dabei.

Was die Frau sich wieder aufregt. Die hätte mal die Brandblasen an meinen Fingern sehen sollen. Aber dann hab ich ein Handtuch mit kaltem Wasser nassgemacht und bin ins Wohnzimmer zurück. sklavin-d saß heulend auf dem Teppich. Scheint allmählich ihre Lieblingsbeschäftigung zu werden. Auf dem Rücken hatte sie zwei handtellergrosse, rote Flecke und jede Menge Wachs.

Ich wollte ihr das Wachs erst abmachen, um das Handtuch nicht zu versauen. Aber sie hat nur gekreischt, ich solle ihr gefälligst das Handtuch auf den Rücken tun. Dass Frauen auch nie Geduld haben! Ich hab ihr den Rücken mit dem Handtuch gekühlt. Als ich das zum dritten Mal nass gemacht hatte, habe ich gesehen, dass die da Brandblasen hatte. Verdammter Mist, davon hatte aber auf den Seiten im www. nichts gestanden, dass man sich damit verbrennen kann! Ich habe jedenfalls nichts gelesen. Kann man sich denn auf gar nichts verlassen?

Zum Glück hatte meine Sklavin eine Tube Brandsalbe im Arzneischrank im Bad. Ich habe sie dann über eine Stunde mit der Salbe behandelt. sklavin-d war ziemlich einsilbig dabei. Sie hat nur immer wieder mal »Auuuu,« gesagt beim Eincremen. Der Abend war gänzlich im Eimer.

31. März

Irgendwie läuft das mit diesen Treffen mit der sklavin-d völlig dämlich. Schon wieder ist etwas buchstäblich in die Hose gegangen. Die Dagmar hatte gemeint, ihrem Hintern ginge es jetzt wieder gut. Ich könnte das mit der Peitsche ja noch einmal probieren. Aber ihr Sofa sollte ich ja in Ruhe lassen. Nicht, dass der Polsterer noch mehr Arbeit bekäme.

Habe ich meine Sklavin sich also wieder über die Sessellehne beugen lassen. Ich habe mir die Peitsche gegriffen und ausgeholt. Aber ich muss ihren Hintern irgendwie verfehlt haben. Dabei ist der nun wirklich nicht zu übersehen. Die Peitsche pfeift zurück und klatscht mir mit ordentlichem Schwung vor das linke Schienbein. Das hat vielleicht gezogen. Als wenn mir jemand mit einem Messer da reingeschnitten hätte. Ich habe mich gleich auf den Teppich fallen lassen und mir das Bein gehalten.

Das tat sauweh! Und da hab ich plötzlich gesehen, dass Blut durch mein Hosenbein gesickert ist. So eine Riesenkacke! Als ich das Hosenbein hochgezogen habe, da habe ich dann gesehen, dass ich mir eine von meinen Krampfadern aufgetrennt hatte. Ich besorge mir doch noch ein Abonnement in der Unfallambulanz von unserem Krankenhaus! Die Dagmar hat nur kopfschüttelnd gemeint: »Meisterchen, langsam fürchte ich, dass das mit uns nichts werden soll.«

Zu allem Elend hatte der gleiche Doktor Dienst, der mir die Augenbraue vor ein paar Tagen zusammengeflickt hatte. Herrje, war mir das peinlich. Ich hatte auch gar keine Lust mehr, dem irgendwelche Geschichten zu erzählen. Hab ich ihm also gesagt, ich hätte mich bei einem Schlag mit einer Peitsche verletzt.

Der Doktor hat nur die Augenbrauen hochgezogen. Dann hat er trocken gesagt, dass ich mir die Krampfadern ziehen lassen soll, bevor ich wieder eine Peitsche anfasse. Dieser gefühllose, arrogante Weisskittel! Dass ich verletzt war und Wahnsinnsschmerzen hatte, das zählte wohl nicht für den. Aber dann hat er mir den Riss geklammert und von der Krankenschwester verbinden lassen.

1. April

Meine Frau, die Iris, die hatte mich ganz komisch angeguckt, als ich mit der Hose mit dem Blutfleck nachhause gekommen war. Ich habe ihr versucht zu erklären, dass ich in einen Fahrradständer rein gerannt wäre. Aber sie hat mich gefragt, was ich denn bei einem Fahrradständer gewollt hätte, wo ich doch das Auto mitgehabt hatte. Irgendwie kam sie mir so misstrauisch vor. Frauen müssen immer zicken, wenn der Mann mal dringend seine Ruhe braucht!

Da habe ich mir gedacht, ich könnte ja den 1. April nutzen, um ihr die Klappe zu stopfen. Habe ich ihr also mit ganz wichtigem Gesicht gesagt, dass ich jetzt ein Meister des Ess-Emm wäre, und dass ich mich zweimal mit der Peitsche verletzt hätte, als ich meine Sklavin auspeitschen wollte.

Erst hat die Iris mich ganz komisch angesehen, als ich das gesagt habe. Dann hat sie schallend losgelacht. Die hat sich minutenlang gar nicht mehr eingekriegt. Was ich als Softie denn mit einer Sklavin wollte? Solche Frauen würden sich doch über mich totlachen. Obwohl, bei meinen beiden linken Händen könnte sie sich das schon gut vorstellen, dass ich mich mit einer Peitsche eher selber treffen würde als jemanden anderes.

Als wenn die Iris eine blasse Ahnung von Ess-Emm hätte. Die mit ihrer großen Klappe. Auch wenn ich die dritte Sklavin dafür nicht finden sollte, irgendwann binde ich sie doch noch an der alten Viehtränke am Rathaus fest!

Versuch eines Nachwortes:

Die Ähnlichkeiten mit real vorkommenden Lebensweisen und Orten kommen mir, je länger ich so über meinen Tagebuchseiten sitze, immer unwahrscheinlicher vor. Wenn ich sie auch mit spitzer Feder aufgeschrieben habe...

Wie es mit der Iris und der sklavin-d weiter gegangen ist? Das verrate ich Euch vielleicht zu einer späteren Zeit und an anderer Stelle...

Mit einem meisterlichen Augenzwinkern,

Euer Dommifix

Geschlossene Gesellschaft

T. Lagemann

Als ich Freitags nach Hause komme, liegt ein Zettel von ihr im Briefkasten. In einem neutralen, unbeschrifteten Umschlag steckt eines ihrer roten Kärtchen. Ihre Schrift ist rund und weich und voller Schwung. »Sonntag« steht auf dem Kärtchen, darunter dann unterstrichen »20 Uhr«. Ich drehe die Karte um, ja, da steht die Adresse. Ich muss nicht in den Stadtplan schauen, um zu wissen, wo das ist, und ich muss nicht in meinen Terminkalender schauen, um zu wissen, was wir dort tun werden.

Tun? Auf dem Weg hoch in meine Wohnung muss ich lächeln. Tun ist das falsche Wort für das, was wir dort machen werden. Tun klingt so nach Tat, klingt so sachlich. Wir werden glücklich sein, weil wir uns sehen.

»Guten Tag, Herr Melzer«, geht eine Tür auf.

»Ah, guten Tag, Frau Frank, wie geht es Ihnen? Was macht der Rücken?« Frau Frank wohnt in der Wohnung unter mir. Seit meinem Einzug vor drei Jahren ist das Verhältnis zwischen uns mehr als angespannt. Eigentlich nur eine Kleinigkeit hatte die Atmosphäre vergiftet. Ich hatte versäumt nach meinem Einzug das Treppenhaus zu reinigen – nein, ich hatte es nicht versäumt, ich hatte es nur einen Tag zu spät gemacht. Da hatte Frau Frank schon den Hausbesitzer über diese Ungeheuerlichkeit informiert gehabt. Nicht mal mit einer Einladung zu Kaffee und Kuchen hatte ich Frieden schaffen können.

»Herr Melzer«, sagt Frau Frank. »Die Treppe, sie haben am Mittwoch die Treppe schon wieder nicht geputzt!«

Ich hebe meine Arme mit den Reisetaschen. »Ich war nicht da, Frau Frank.«

»Mir ist egal, wo Sie sind, Herr Melzer, nur die Treppe, die muss geputzt sein!«

»Frau Frank, ich werde es mir zu Herzen nehmen.«

»Was Sie sich zu Herzen nehmen, ist mir egal, Herr Melzer, ich möchte nur, dass Sie ihren Putzlappen pünktlich in die Hand nehmen!«

»Werde ich, Frau Frank, werde ich!«

»Ich nehme sie beim Wort, Herr Melzer«, schaut mich Frau Frank mit ihrem alles durchdringenden Blick an. Seit dreißig Jahren, so hat sie mir mal erzählt, sei sie der gute Geist des Hauses. Mit ihrem runden, gedrungenen Körper sieht sie weniger wie ein Geist denn ein Zwerg aus – an ihrem Spuken ändert das nichts. Manchmal habe ich den Eindruck, dass Frau Frank viel mehr sieht – und daher auch weiß – als sie aus ihrem Fenster und bei den Gängen durchs Treppenhaus sehen und erfahren kann.

»Versprochen, Frau Frank!« sage ich und setze mich wieder in Bewegung. Meine Reisetaschen sind schwer und die Dienstreise war lang, ganz abgesehen von den anstrengenden Gesprächen mit einem sehr schwierigen Kunden.

»Eins noch!« stoppt mich Frau Frank.

»Ja«, stelle ich meine Reisetaschen ab.

»Was waren das letztens für Geräusche, die ich da aus Ihrer Wohnung gehört habe?«

»Wann?«

»Letzte Woche Donnerstag, gegen 20 Uhr.«

»Wir haben gekocht!« sage ich.

»Das hörte sich aber nicht wie kochen an.«

»Doch, Frau Frank.«

»Herr Melzer, ich habe etwas gehört, das wie ein Schrei geklungen hat.«

»Das«, sage ich, »das war ein Freudenschrei, weil die Soße so lecker geworden ist«, lächle ich.

»Und was waren das vorher für klatschende Geräusche?« fragt Frau Frank. Ihr Blick versucht meine kleine Kochgeschichte zu durchdringen und die Wahrheit zu sehen. Ihre Stirn ist dabei in Falten gelegt, die viel tiefer sind als es ihr Alter erlaubt.

»Wir haben Sahne geschlagen«, erkläre ich.

»Sahne?«

»Ja.«

»Herr Melzer, Herr Melzer, wieso glaube ich Ihnen bloß nicht?«

»Das weiß ich nicht, Frau Frank.«

Aus der Frankschen Wohnung ist ein Pfiff zu hören, der Kopf von Frau Frank ruckt herum, ein zweiter Pfiff ertönt, Frau Frank wendet sich wieder mir zu. »Herr Melzer, ich werde Sie beobachten!« Und dann geht die Tür mit einem Knall zu.

In meiner Wohnung ist es kalt. Als ich Dienstag los bin, wie immer auf den letzten Drücker, habe ich im Rausgehen die Heizungen herunter gedreht. Meine Blumen brauchen es nicht so warm wie ich und auch nicht so warm wie sie, wenn sie da ist. Ich stelle meine Reisetaschen in der Diele ab. Der Anrufbeantworter blinkt rot, ich zähle mit. Vier Anrufe.

Bevor ich mir den Mantel ausziehe, drücke ich auf den Nachrichten-Knopf. Mein AB macht BIIEP, sogleich höre ich die Stimme von Frau Frank. »Sie haben die Treppe nicht geputzt«, sagt sie. Die Digitalanzeige des AB zeigt mir, dass sie schon am Mittwoch Abend kurz nach acht angerufen hat.

Mein AB macht KLICK, dann BIIEP, dann höre ich ihre Stimme. »Es war schön mit dir«, sagt sie. »Ich freue mich schon auf Sonntag.«

Auch ich freue mich auf Sonntag. Auf der Party vor vier Wochen haben wir diesen Flyer mitgenommen, einer von den ganz unauffälligen ist das gewesen. Gleich am nächsten Tag habe ich uns per Mail zum Kurs angemeldet, die Bestätigung war samt ein paar netten Worten keine Stunde später in meinem Postfach. Ich habe ihr sofort eine SMS geschickt.

Anrufe drei und vier sind auch von ihr. Beide Male sagt sie mir, dass sie mich liebt. An den Uhrzeiten sehe ich, dass sie aus dem Büro angerufen hat. Ich liebe diese kleinen Momente des an-mich-denkens.

Ich rufe sie an, die Reisetaschen in der Diele haben Zeit.

»Ja...«, sagt sie.

»Wie geht es dir?« frage ich.

»Jetzt gut.«

»Was ist denn?«

»Bis Sonntag ist es noch so lang.«

Ich lächel. »Nicht mal mehr achtundvierzig Stunden«, sage ich.

»Warum lebst du so oft in Zahlen?« fragt sie sanft.

»Zahlen geben Halt«, sage ich mit diesem gewissen Unterton.

»Halt?« stöhnt sie ein wenig.

»Aber sicher das.«

»Halt nennst du das? Die Spuren sind jetzt noch zu sehen von deinem Halt-Geben!«

»Da siehst du mal, wie gut ich Halt geben kann, selbst wenn ich dir ganz fern bin, bin ich da und halte dich.«

»Meine Kollegin hat schon gefragt, warum ich so unruhig auf dem Stuhl herumrutsche.«

»Welche Kollegin?«

»Die Bine.«

»Die Blonde?«

»Ja.«

»Und was hast du geantwortet?«

»Ich wäre beim Treppensteigen voll auf meinem süßen, kleinen Arsch gelandet!«

»Und was hat sie dazu gesagt?« frage ich schmunzelnd.

»Das ich ein ungeschicktes, kleines Ding sei... Immer würde ich fallen, mich stoßen und so.«

»Nein«, sage ich und sehe sie vor mir, ich muss dafür die Augen gar nicht erst schließen, klein ist sie, ja, aber nicht ungeschickt. Ihre Treppenerklärung ist allemal plausibler als meine Sahne-schlagen Erklärung. Natürlich weiß ich nicht, ob die blonde Bine das mit der Treppe geglaubt hat. Aber kommt es darauf an? »Du bist nicht ungeschickt.« Und dann sage ich »Ich liebe dich.«

»Und ich freue mich auf Sonntag!« sagt sie.

»Wann bist du da?« frage ich.

»Hast du meine Mail denn nicht bekommen?«

»Du, ich hatte noch keine Zeit nach Mails zu schauen.«

»Schön«, höre ich sie lachen.

»Ja?« frage ich mit diesem gewissen anderen Unterton.

»Ähm«, macht sie.

»Du kannst diesen kleinen Fauxpas schnell wieder gut machen«, sage ich ihr.

»Womit?«

»Sag mir, bitte, wann du ankommst?«

Sie nennt mir schnell die Zeit.

»Ich werde da sein«, sage ich.

Wir telefonieren noch eine Stunde miteinander, in der Zeit packe ich meine Reisetaschen aus, stelle die Waschmaschine an und mache mir eine Tiefkühlpizza. Dabei spielen wir das Rate-mal-was-tue-ich-gerade Spiel. Zu gewinnen gibt es dabei nichts, wir lernen nur mehr über uns. Seit einem halben Jahr sind wir nun ein Paar, getrennt von der Breite Deutschlands. Wir sehen uns, wenn nichts wirklich Wichtiges, völlig

Unverschiebbares dazwischen kommt, alle zwei Wochen. Da bleibt an den viel zu kurzen Wochenenden kaum Zeit für den Alltag, für Treppeputzen nichts und auch nur manchmal für Sahneschlagen. Viel lieber halte ich sie, mal nur in den Armen, mal schlage ich sie und gebe ihr damit Halt. So habe ich in dem halben Jahr noch nie in ihrem Beisein Wäsche gewaschen, das habe ich immer in der Woche getan. Irgendwann wird auch uns der Alltag ereilen, nichts wünschen wir uns mehr. Um so wichtiger, dass wir uns auch so kennenlernen, mit dem Hörer in der Hand Betten beziehen – ja, das geht auch mit einer Hand! – oder essen. Tomaten hören sich wunderbar an und Erdbeeren klingen so schön süß. Doch so schön es auch ist, vor dem Einschlafen miteinander zu reden, vielleicht schon im Bett liegend, so wunderbar ist es auch, sich auf andere Art und Weise zu hören. So gerne ich ihr leises Aufseufzen beim T6 höre, so gerne höre ich auch ihr Aufstöhnen beim Durchkämmen ihrer Haare.

Der Sonntag kommt schnell und noch schneller ist es neunzehn Uhr. Ich fahre direkt aus dem Büro zum Bahnhof, umziehen muss ich mich nicht. Sonntags kann ich im Büro tragen, was ich möchte, da nimmt niemand an meinem lässigen Outfit Anstoß. Selbst wenn mein Chef da ist, sagt er nichts zur Jeans und zum T-Shirt. Ohne Kunden sei das okay, hat er mir gesagt, viel wichtiger als passende Kleidung sei gute Arbeit, und gute Arbeit, die würde ich bringen. Seit mir mein Chef das gesagt hat, darf ich ihn auch duzen.

Mit einem Lächeln steigt sie aus dem Zug, sie trägt wieder diesen Rock, mit dem sie Männer verrückt machen kann. Für den Kurs genau das Richtige, denke ich. Ob er aber richtig ist für dieses auf den Sonntagabend reduzierte Wochenende? Morgen früh muss sie wieder arbeiten und ich auch. Sie wird den Nachtzug zurück in ihre Stadt nehmen und vom Bahnhof direkt zur Arbeit fahren, und ich, ich werde allein in meinem Bett liegen und an sie denken und dann irgendwann auch einschlafen. Und morgen früh werde auch ich zur Arbeit fahren, nicht ohne vorher mit ihr kurz telefoniert zu haben.

Als sie mir in die Arme fällt, rieche ich ihr Haar. Auch nach der ganzen Breite Deutschlands duftet es nach ihrem Shampoo. Ich beiße sie leicht ins Ohr. Sie macht ganz leise »Au« und dann werden wir zu einem sich mit Lippen und Mündern verschlingenden Liebespaar.

»Hast du ein neues Rasierwasser?« fragt sie mich unten im Bahnhof.

Wir stehen vor dem Fahrplan und schauen uns an. Momente wie diese sind so wertvoll, wenn man so weit voneinander entfernt ist. Die Ankunft ist so ganz anders als das Heimkommen eines zusammenlebenden Paares.

»Ja«, sage ich. »Und du hast neue Schuhe.«

»Ja«, sagt sie.

Der Kurs findet in einem zum Freizeitzentrum umgebauten Fabrikgebäude statt. Der rote Backsteinbau mit der kaum von Fenstern durchbrochenen Fassade wirkt längst nicht mehr so düster wie in den Tagen meiner Kindheit. Zehn Jahre habe ich im Schatten der Fabrik und seiner rauchenden Schlote gelebt, dann wurde sie geschlossen. Mit dem Verlust der Arbeit sind auch wir damals aus dem Viertel weg, hin an den Rand der Stadt. Dort waren die Mieten billiger und die Arbeit näher.

»Da«, sage ich zu ihr, »da in dem Haus habe ich gewohnt, vor fünfundzwanzig Jahren.«

»In welchem?«

»Das mit der Hausnummer 42.«

Ich stelle den Wagen am Ende des Parkplatzes ab. Wenn sie schon diesen einen Rock trägt, dann soll sie auch Zeit haben ihn zu zeigen. Natürlich denke ich da vor allem an mich als Zuschauer. »Da hinten durch die Tür, auf der Tor 3 steht, müssen wir«, zeige ich quer über den Parkplatz. »Geh doch schon mal vor«, lächle ich sie an.

»Wenn du möchtest...«

Meine Antwort besteht aus einem kurzen Nicken, dann öffne ich den Kofferraum und greife nach meiner Tasche. Ohne ihr nachzuschauen weiß ich, das sie auf dem Weg zu Tor 3 ist. Ich gebe ihr die zehn Schritte Vorsprung, der bei diesem Rock so geil aussieht. Ihr Hintern windet sich geschmeidig unter dem engen Stoff, ihre Strümpfe schimmern wie Seide und ihre Schuhe machen Klackediklack. Und wie sie dabei ihren Kopf hält und ihr Haar vom Wind durchwehen lässt...

Kurz vor Tor 3 bin ich bei ihr, ich greife nach ihrer Hand. Als wir durch die Tür gehen, lässt sie sich sanft gegen meine Schulter fallen.

»Wo müssen wir hin?« fragt sie leise.

»Da«, sage ich und zeige auf die Wandtafel. Die hat es schon vor 19 Jahren gegeben, als ich damals zum ersten Mal in das Freizeitzentrum gefahren bin. Damals stand dort der Name einer Band, in der meine

Freundin gesungen hat. Die Band war schlecht, sie war gut. Wir haben uns dann schnell aus den Augen verloren. Lange habe ich nicht gewusst, was aus ihr geworden ist. Vor drei Jahren dann habe ich sie in einem Video gesehen, sie stand knapp bekleidet neben anderen knapp bekleideten Sängerinnen und machte Showadowaddy für einen Sänger, dessen Namen ich nicht kannte.

Heute steht auf der Tafel: »Tanzkurs, 3. Stock, Raum 7«.

»So heißt das also«, hängt sie sich schwer in meinen Arm.

»Das ist es«, sage ich.

»Ja«, sagt auch sie, »das ist es.«

Die Idee des BDSM-Tanzkurses hat uns auf der Stelle gefallen. Mit einem Blick hat sie mir gezeigt, dass sie da mitmachen möchte. Und dabei haben wir keine Ahnung gehabt, was sich hinter diesem BDSM-Tanzkurs verbarg. Und auch jetzt wissen wir das nicht – zumindest nicht beide. Natürlich habe ich nach der Bestätigungsmail den Veranstalter angerufen. Mehr und mehr lächelnd habe ich mir angehört, wie es in dem Tanzkurs zugehen würde. »Gibt es einen Folgekurs?« habe ich gefragt.

»Mal schauen wie der Kurs ankommt«, hat der Veranstalter gesagt.

»Der wird gut ankommen«, habe ich ihm versichert.

Er hat etwas gemurmelt, dass wie Immer-diese-Doms-die-alles-wissen klang, ich habe dazu gegrinst.

Eine Viertelstunde später stehen wir zusammen mit sechs anderen Paaren in Raum 7. »Einige von Euch kennen mich ja schon von anderen Kursen«, stellt sich der Veranstalter vor, »Für die, die mich nicht kennen, ich bin der Heinz.« Kurz umreißt Heinz das Programm des Abends: »Die Idee zu diesem Kurs stammt von meiner Subbie Heddy... Heddy kann heute leider nicht kommen, sie liegt gefesselt im Bett.«

Ein junges Paar kommt aus dem Grinsen nicht heraus. Die alten Witze finden immer wieder neue Lacher.

»Eine Grippe hat sie ans Bett gefesselt«, erklärt Heinz.

Das junge Paar grinst weiter.

»Also, Heddy lässt sich nicht nur unwahrscheinlich gerne fesseln, sie tanzt auch sehr gerne. Und sie hat sich gefragt, wie sich das eine mit dem anderen verbinden lässt... Aus dieser Frage haben wir dann in langen Übungsstunden diesen Tanzkurs konzipiert, den BDSM-Tanzkurs.«

Fünf Minuten später wissen alle, um was es in diesem Kurs geht. Da stehen die Subs und Subbies mit vor dem Bauch gebundenen Händen im Raum. »Wie tanzt es sich gefesselt, das hat Heddy wissen wollen.« Und schon drückt Heinz auf die Play-Taste seines Ghetto-Blasters. »Wir fangen mit etwas Einfachem an, dem Walzer. Haben noch alle ihre Tanzstundenlektionen im Kopf?«

Die folgenden zwei Stunden vergehen viel zu schnell. Heinz weist uns in die Grundzüge des fesselnden Tanzens ein. So nennt er das, fesselndes Tanzen. »Nur Standard«, erklärt er, »lässt sich gefesselt tanzen. Nur da sind sich die Körper nah genug, um gehalten zu werden und Halt zu werden. So heiß auch Latein-Tänze sein können, ohne Führung geht es nicht. Und wie, wie wollt Ihr euren Partner..., pardon, Sub führen, wenn Ihr ihn oder sie nicht fest in Euren Händen haltet?«

Tanzen ist träumen mit den Füßen, hat sie mir schon oft gesagt und damit hat sie Recht. Nach diesem Abend wissen wir beide, dass auch die Hände diesen Traum tanzen. In meinen Händen liegt sie, ich führe sie, fange sie auf, und ihre Hände recken sich mir dabei gebunden entgegen. An mir ist es, sie zu halten, an ihr ist es, mir ihre Hände Halt suchend zu reichen. So werden wir eins.

Kurz vor Mitternacht steigt sie in ihren Zug, sie dreht sich beim Einsteigen nicht um. Der Ärmel ihrer Jacke rutscht beim Griff an die Tür ein klein wenig herunter. Ich sehe das Schwarz ihrer Handfesseln. Und als ich an meiner Hand rieche, rieche ich das Leder der Fesseln. Lange habe ich sie in Fesseln durch den Tanz geführt. Als dann die roten Lichter des Zuges kleiner werdend hinter einem ankommenden Zug verschwinden, sehe ich ihre Augen vor mir, ich sehe, wie sie mich anschaut, mit diesem Blick, der mir so sehr sagt, dass ich sie halten soll. Ja, denke ich, das ist es. Ich werde sie halten und führen, denn das ist es, was unsere Liebe ausmacht. Und unsere Körper werden tanzen. Unsere Hände und Füße werden reden. Und tanzen werden wir, in stillen Stunden, und ihre Hände werden gefesselt sein.

Ratgeber Fesselspiele

onkelhoste

Etwas Anrüchiges haftet der dunklen Seite der Sexualität an. Was ist BDSM? Was Bondage und TV? Bin ich schon pervers, wenn ich es nüchtern mache oder das Licht dabei brennen lasse? Fragen über Fragen! Zeit, dass onkelhoste hier mal ein wenig Aufklärung anbietet und Licht ins Dunkel der Begrifflichkeiten bringt...

Bondage: Hiermit ist allgemein die Fesselung gemeint. Beispiel: Der Mann zieht die Frau aus, fesselt sie im Flur an die Garderobe und spielt an ihr rum. Leider klingelt der Nachbar an der Tür, weil er von den Geräuschen angelockt wurde und kurzerhand beschließt, sich Nachts um drei Uhr eine Tasse Zucker auszuleihen. Der Mann macht die Tür auf und der Nachbar ein paar schnelle Fotos. Die Frau schreit, bis der Mann sie losbindet. Dann steckt die Frau dem Mann vor Wut einen Regenschirm in den Hintern und öffnet ihn langsam (siehe auch *Insertion* und *Stretching*).

Suspension: Aufhängen des Körpers. Beispiel: Der Mann möchte die Frau irgendwo hinhängen, weil er z.B. staubsaugen will (Klingt jetzt ein wenig konstruiert, ich weiß das!). Er schnürt sie wie eine Roulade zusammen, nimmt die Wohnzimmerlampe ab, führt das lange Ende des Seils über den Deckenhaken und zieht kräftig, bis die Frau frei hin- und herpendelt. Leider ist die Frau viel schwerer als die IKEA-Lampe BAUMEL und der Haken reißt aus der Decke. Die Frau knallt auf den Eichentisch und die Erdnußflips fliegen durch die Bude. Der Mann bindet jetzt die Frau wieder los und bekommt einen Tritt in die Eier (siehe auch *Clit- and Cocktorture*).

Branding: Das Hinzufügen von Brandmalen. Beispiel: Er nimmt sie in der Küche »von Vorne«, sie klammert sich mit ihren Armen und Beinen »Huckepack« an ihn. Er packt sie an den Hüften und setzt sie auf den Küchentisch. Leider hat er vergessen, dass sie die Küche umgeräumt haben und dass dort, wo gestern noch der Tisch stand, nun der Herd seine neue Heimat gefunden hat, auf dem noch vor fünf Minuten leckere Schnitzel bruzzelten. Nun riecht es nach Putenschenkeln und er hat ein blaues Auge.

Stretching: Das Langziehen von Körperteilen. Die Frau fesselt den Mann stehend in den Türrahmen. Die Frau knotet nun ein Seil an seine Kronjuwelen, an dessen anderem Ende die Obstschale hängt, die sie anschubst, bis sie vor und zurück pendelt. Als sie ihr Werk besieht, klingelt das Telefon und die beste Freundin ruft an. Leider kann der Mann keinen Mucks machen, weil sie ihn obendrein geknebelt hat. Als das Gespräch nach zweieinhalb Stunden zu Ende ist, steht die Schale auf dem Boden. Danach liegt die Frau auf dem Bauch und sucht im Telefonbuch nach einem Urologen, während er ihr den Hintern versohlt (siehe auch *Spanking*).

Taped: Fesselung mittels Klebeband. Beispiel: Ein Mann schnürt seine Frau mit Klebeband fest wie ein Paket zusammen und überlässt sie für mehrere Stunden sich selbst. Wahlweise kann sie ihm an seinem »Jockel« lecken oder vor sich hin summen. Dann befreit der Mann sie wieder. Als er das Klebeband zwischen ihren Beinen abzieht, hat er ihr alle Schamhaare ausgerissen. Dann schreit die Frau so laut, bis der Nachbar wieder an derTür klingelt, der sich Nachts um drei Uhr eine Tasse Zucker ausleihen will.

Insertion: Das Einführen von Gegenständen. Beispiel: Die Frau liegt auf dem Bauch, ist »exponiert« gefesselt, er sitzt hinter ihr und führt ihr eine Tüte Haselnüsse ein. Leider muss die Frau husten und schießt ihm ein Auge aus. Mit den restlichen Nüssen spielt sie an der gegenüber liegendenWand eine hübsche Melodie auf seinen Zinntellern. Danach liegt die Frau wieder auf dem Bauch und sucht im Telefonbuch nach einem Augenarzt, während er ihr den Hintern versohlt (siehe auch *Spanking*)

Spanking: Schläge. Beispiel: Er fesselt sie an den Wäscheständer und bearbeitet ihr Hinterteil mit dem Teppichklopfer. Leider fällt der Wäscheständer um und sie knallt auf die Seite. Weil sie sich aber eine Brust zwischen den Streben eingeklemmt hat, findet er Zeit, sich im

Badezimmer einzuschließen. Als sie sich schließlich befreit hat und die Badezimmertür eintritt, fesselt sie ihn an die Dusche und versohlt ihm den Hintern mit einem Zinnteller.

Clit- and Cockture: Schmerzen im Genitalbereich zufügen. Beispiel: Er fesselt sie breitbeinig, zieht ihre Schamlippen in die Länge und lässt sie wie ein Haushaltsgummi zurückschnippen. Wenn er zur Spätschicht ist, kann sie das auch selber machen oder der Nachbar, der sich immer nur eine Tasse Zucker ausleihen wollte. Wenn der Ehemann dann von der Arbeit nach Hause kommt, schleicht er sich von hinten an, nimmt die Kronjuwelen des Nachbarn, der sich nur eine Tasse Zucker ausleihen wollte, und steckt sie in die Knoblauchpresse. Schließlich klingelt die Polizei an der Tür, die sich kurzerhand entschlossen hat, sich Nachts um drei Uhr den schreienden Nachbarn auszuleihen (siehe auch *Caged*).

Caged: Käfighaltung. Beispiel: Er sperrt sie in einen Vogelkäfig ein. Sie muss sich ganz klein machen und versuchen, mit dem Mund an den Trinknapf zu kommen. Dann muss sie entweder piepsen oder um die Gnade betteln, schnellstmöglich freigelassen zu werden. Letzteres tut sie besonders inbrünstig, wenn der schusselige Ehemann vergessen hat, vorher den Kakadu heraus zu nehmen, der der wehrlosen Ehefrau nun an der Klitoris herumkaut. Danach liegt der Mann auf dem Bauch und sucht im Telefonbuch nach einem Gynäkologen, während sie ihm den Hintern versohlt (siehe auch *Spanking*).

Ponygirl: Die Frau als Reittier. Beispiel: Er verpasst seiner Frau Zaumzeug mit Glöckchen, steckt ihr einen abgesägten Wischmob in den Hintern, verbindet ihr die Augen und treibt sie mit leichten Schlägen einer Gerte durch den Garten (siehe auch *Outdoor*). Als er zu fest zuschlägt, reißt das »Pferdchen« aus, indem es über den Zaun auf die Straße springt und verschwindet. Die Polizei findet es am verkaufsoffenen Samstag verwirrt und durchgefroren auf dem Parkplatz des Großmarktes und bringt es im Turnierwagen zurück. Für ihn folgt dann wieder die Nummer mit der Obstschale...

Outdoor: Spiele unter freiem Himmel. Beispiel: Er fesselt ihr die Hände auf den Rücken, beugt sie über den Springbrunnen und nimmt sie von hinten. Sie verliert das Gleichgewicht, stolpert rückwärts über einen Gartenzwerg, beide landen platschend im Fischteich. Vom kalten Wasser bekommt sie einen Krampf, nun können sich beide nicht mehr erheben, weil sein Hintern im Schlamm festsitzt, welcher sich schmatzend seinen Weg durch seinen ausgeleierten Anus sucht (siehe auch *Insertion* und *Stretching*). Als der Nachbar mit einer leeren Tasse auf Zehenspitzen vorbeischleicht, ahmen sie quakende Frösche nach. Endlich können sie sich aus dem Teich befreien. Im Dunkeln humpeln sie ins Haus zurück und suchen gemeinsam im Telefonbuch nach einem Notarzt, der sie voneinander trennt.

Blindfold: Die Augen verbinden. Beispiel: Sie kreuzt seine Arme auf dem Rücken und zieht seine Kronjuwelen zwischen den Beinen hindurch nach hinten, um damit seine Handgelenke zu fesseln. Dann verbindet sie ihm die Augen und führt ihn mittels eines Seils, das um seine Eichel liegt, durch die ganze Wohnung. Er muß nun durch gezieltes Lecken am Holz herausfinden, gegen welches Möbelstück sie ihn gerade geschubst hat.

Saged Eagle: Breitbeinig, poetisch für »Gespreizte Schwingen«. Beispiel: Nach einem genüsslichen Sonntagnachmittagsfick steht er aus dem gemeinsamen Ehebett auf und will in die Küche gehen, um etwas zu trinken. Leider rutscht sein linker Fuß auf dem Bettvorleger aus, während der rechte in einer alten Spermapfütze auf dem Laminat kleben bleibt. Sein letzter bewusster Gedanke, bevor er mit dem Hintern auf den Boden schlägt, ist die Bierflasche, die seit gestern vor dem Bett steht. Nachdem die Frau mit dem Lachen fertig ist, sucht sie wieder das Telefonbuch...

Safeworld: Das Paar vereinbart ein besonderes Wort, das dem Dominanten anzeigt, wann der unterwürfige Partner genug hat oder vielleicht auch mehr haben möchte. Beispiel: Der Mann fesselt die Frau und will sie mit einem großen, genoppten, pneumatischen Dildo bearbeiten. Die beiden sprechen ab, dass sie für die Verstärkung ihrer

Lust »Rosenblüte!« sagt und für ihre Bitte, von ihr abzulassen, »Nachbar!«. Eine Weile haben beide Spaß an dem Spiel, bis sie sich wegen einer kleinen Unpässlichkeit zu Wort meldet. Leider hat der Mann die Frau zusätzlich geknebelt und verwechselt in den Kriegswirren der Penetration »Hmmmpf« mit »Mmrrrrgh!«. Als er sie schließlich befreit, fesselt sie ihn stehend an den Küchentisch und rollt seine Kronjuwelen solange mit einem Nudelholz aus, bis es ihm gelingt, dreimal hintereinander deutlich: »Im dichten Fichtendickicht nicken dicke Fichten!« zu sagen, während er einen großen, genoppten, pneumatischen Dildo im Mund hat.

Kleiner Tip zum Schluß: Alle Praktiken können übrigens auch in Kombination verwendet werden! Beispiel: Sie setzt sich auf den Boden und zieht die Beine an, bis sie fest zwischen ihren Brüsten anliegen. Er nimmt ihre Brüste, führt sie außen um ihre Beine herum und knotet sie unterhalb der Kniekehlen wieder zusammen. Danach dreht er ihre Arme auf den Rücken um sie dort mit einem Doppelknoten zu arretieren. Dann dreht er ihr die Füße nach innen und steckt sie als Knebel in ihren Mund. Schließlich legt er sie auf die Seite und führt ihr Haselnüsse in den Anus ein, mit denen sie dann verzweifelt versucht, auf den Kakadu zu schießen, den der schusselige Ehemann vergessen hat einzusperren und der sich mittlerweile schon aus Gewohnheit anschickt, auf ihrer Klitoris herumzukauen, während der Mann ins Wohnzimmer rennt, um das Buch mit den Seemannsknoten zu suchen und dabei immer wieder stolpert, weil er auf seine Kronjuwelen tritt, derweil der Nachbar, der sich eigentlich nur ein Tasse Zucker ausleihen wollte, aber in Wirklichkeit dem Ehemann mit der Knoblauchpresse auflauert, ein paar schnelle Fotos macht.

Peter »onkelhoste« Hostermann

Die Zugfahrt

Woschofius

Das monotone Rattern des Zuges machte mich müde. Ich saß alleine in einem Zugabteil auf der Fahrt von Stuttgart nach Hamburg und schaute den am Fenster vorbeihuschenden Bäumen zu. Als Gelegenheitsraucher saß ich in einem Raucherabteil. Der Gestank nach abgestandem Zigarettenqualm überzeugte mich davon, mir in der nächsten Sylvesternacht vorzunehmen, nicht mehr zu rauchen. Natürlich würde ich den guten Vorsatz spätestens am zweiten Januar wieder fallenlassen, aber dieses Ritual hatte schon seit Jahren ein gewisses Gewohnheitsrecht erlangt. Vor der Schiebetür zu meinem Abteil erklangen rumpelnde Geräusche, aus denen ich schloss, dass jemand mit einem Koffer versuchte, den langen Gang entlangzulaufen. Das Schienensystem zwischen Stuttgart und Mannheim war alt und uneben und der Zug wackelte stark. Ich schaute zur Tür, und zuerst kam wie erwartet der Koffer in mein Blickfeld, gefolgt von einem bestrumpften Frauenbein, und schließlich eine junge Frau.

Sie schaute in mein Abteil und öffnete dann die Schiebetür.

»Ist bei Ihnen noch frei?«.

Ich bejahte und stand auf, um ihr mit dem Koffer zu helfen.

»Danke, es geht schon.«

Ich setzte mich wieder hin und nützte die wenigen Sekunden, während sie mit ihrem Koffer beschäftigt war, um sie eingehend zu betrachten.

Sie war von mittelgroßer Gestalt, fast schlank und hatte brünette kurze Haare. Ihr Gesicht war eher nichtssagend, sehr ebenmäßig, ohne Fehler, aber auch ohne besondere Züge. Ein Gesicht, das man sofort wieder vergessen würde. Sie trug hohe Schuhe, eine dunkle Strumpfhose und ein sehr kurzes dunkelbraunes Kleid, dass ihr etwas zu eng war. Über den Brüsten klaffte es daher zwischen den einzelnen Knöpfen etwas auseinander. Mir fiel auf, dass sie keinen Schmuck trug. Als sie den Koffer ins Gepäcknetz hievte, rutschte ihr Kleid noch etwas weiter nach oben und ich konnte kurz den Ansatz ihres Slips sehen. Sie trug normale weiße Unterwäsche und irgendwie schien dies auch zu ihrer langweiligen Ausstrahlung zu passen. Ihre ganze Kleidung schien darauf ausgerichtet zu sein, den Blick auf ihre Beine zu lenken. Intuitiv hatte sie wohl erkannt, dass sie das Interessanteste an ihr waren. Sie lächelte mich kurz an und nahm dann mir gegenüber Platz. Sie nestelte eine Zigarettenpackung aus ihrer Handtasche und entnahm ihr eine Marlboro Longfilter und ein Feuerzeug. Genüsslich nahm sie einen Zug und schaute dann gelangweilt aus dem Fenster. Ihr dunkelroter Lippenstift färbte den weißen Filter tief rot, und fasziniert betrachtete ich ihre schön geschwungenen Lippen. Sie hatten eine volle und runde Form und... strahlten Aufnahmebereitschaft aus. Langsam begann mich die junge Frau nun doch zu interessieren, die mich mit ihren übereinander geschlagenen Beinen völlig ignorierte. Sie hatte wohl bemerkt, dass ich sie beobachtete, denn wie zufällig drehte sie sich etwas zur Seite und ihr Rock rutschte noch etwas höher.

Wollte sie mich provozieren?

Ich begann mir vorzustellen, wie es wäre, sie zu packen, ihr die Kleider vom Leib zu reißen und sie ausgespreizt auf die Sitzbank zu fesseln. Ihre angstvollen Augen starrten mich dabei an, während ich langsam meinen Gürtel öffnete und ihn surrend aus den Schlaufen laufen ließ. Die Gürtelschnalle um mein Handgelenk gewickelt, schlug ich sie bis sie mich um Gnade und Erlösung anbettelte. Meine Hände auf ihren Brüsten, Bauch und Oberschenkeln liebkosten danach die heißen, roten Schwellungen, die der Gürtel hinterlassen hatte... bis sie bereit war. Danach kam die Zeit, mich an ihr zu befriedigen.

Hart und kurz!

Mein Glied wurde steif und begehrte pochend Auslass.

Ich drehte mich etwas zur Seite, um den Druck zu nehmen. Sie schaute mich kurz an, und ein spöttisches Lächeln umspielte ihren Mund.

Ihre Fußspitze begann zu wippen. Ihre ganze Körperhaltung war eine Aufforderung, der es nachzukommen galt.

Hatte sie wirklich gespürt, dass ich sie wollte, oder spielte mir meine Einbildung nur einen Streich? Erneut nahm ihr Mund die Zigarette auf und die Glut schien mir zu sagen ›Ich bin da, wo du gerne wärst‹.

Sie nahm ihre übereinander geschlagenen Beine voneinander und saß mir nun etwas offener gegenüber. Aus ihrer Handtasche nestelte sie einen Walkman hervor und setzte ihn auf. Aus den leisen Geräuschen konnte ich nicht erkennen, um welche Musik es sich handelte. Sie fing an, ihre Schenkel im Rhythmus der Musik zu bewegen und ich bewunderte das leichte Muskelspiel. Wie zufällig öffneten sie sich nach und nach etwas. Da sie ihre Augen geschlossen hatte, konnte ich ihr nun ungeniert zwischen die Beine und auf den weißen Slip starren.

Sie duftete nach Geilheit.

Der Druck in meiner Hose ließ nach, und ich setzte mich etwas bequemer hin. Ich legte meinen Kopf zur Seite und beobachtete sie aus halb geschlossenen Augenliedern. Sie sollte denken, dass ich schlief.

So fuhren wir eine geraume Zeit.

Irgendwann schlug sie die Beine wieder übereinander.

Ich richtete mich auf.

»Lass das!«

Verstört schaute sie mich an und nahm ihren Walkman ab.

»Wie bitte?«

»Du sollst deine Beine nicht übereinander schlagen.«

Überraschenderweise kam sie meiner Aufforderung sofort nach.

Ich wurde mutiger.

»Zieh die Vorhänge zum Gang zu und dann zieh deine Strumpfhose und den Slip aus.«

Sie zögerte kurz, gehorchte dann aber doch.

Nachdem sie die Vorhänge zugezogen hatte, schlüpfte sie aus ihren Schuhen, hob ihren Rock hoch und entledigte sich ihrer Unterwäsche.

Achtlos ließ sie beides fallen und zog den Rock nach unten, um sich wieder zu setzen.

»Bleib stehen und gib mir deinen Slip.«

Wieder tat sie beides ohne Widerwort.

Ich roch an ihrer Unterwäsche und nahm ihren warmen, sinnlichen Geruch in mich auf. Dann öffnete ich das Zugfenster und warf beides hinaus.

Kurz wollte sie dagegen aufbegehren, doch ein Blick in meine Augen und sie senkte den Kopf.

»Heb deinen Rock hoch und zeig dich.«

Nun stand sie mit leicht gespreizten Beinen vor mir und zeigte mir ihre rasierte Fraulichkeit. Meine Hand griff zwischen ihre Beine und teilte ihre Lippen. Ich berührte sanft die weiche Haut und sie schloss die Augen.

Die Frau wollte genommen werden... es war klischeehaft.

Aber Klischees sind nun mal das, was die Ausnahmen übrig lassen.

Nachdem mein Finger sie eine Weile erkundete, ließ ich sie hinknien und meine Hose öffnen. Während ich entspannt aus dem Fenster schaute, gab sie mir die notwendige Entspannung. Ich hatte keine Angst vor ungebetenen Gästen – ich spürte in diesem Moment, dass niemand kommen würde. und als ich mich entlud schrie ich meine Lust sogar laut hinaus.

An den kurzen Haaren zog ich sie nach oben und drückte sie gegen die Schiebetür.

»Zieh dein Kleid aus«

Es dauerte nur Sekunden und sie stand nur noch mit dem Büstenhalter bekleidet vor mir. Ich packte ihn und riss ihn an mich. Nun war sie gänzlich nackt und versuchte ihre Blöße mit den Händen zu bedecken. Langsam schien ihr die Situation wohl zu weit zu gehen.

»Dreh dich um und nimm deine Hände hoch.«

Sie gehorchte immer noch.

Mit ihrem Büstenhalter fesselte ich ihre Hände rasch an die Notbremse.

»Es ist besser, du lässt deine Hände oben... egal was ich mache. Solltest du deine Hände runter nehmen, löst du eine Notbremsung aus. Ich werde dann das Abteil wechseln... und dich wird man hier so vorfinden. Also sei ein braves Kind.«

Sie nickte wortlos und ich begann ihre Brüste zu streicheln und zu kneten. Eine Hand wanderte zu ihrer Scham und ich reizte rhythmisch ihren Kitzler. Meinen Kopf legte ich auf ihre Schulter und ich nahm ihre ansteigende Erregung auf. Ihre Atmung wurde schneller und schneller und ihr Körper fing zu zucken an. Schließlich kam sie aufstöhnend und sofort ließ ich sie los.

Ich gab ihr keine Zeit.

»Streck deinen Arsch raus« befahl ich ihr und sie tat es.

Ich begann ihre Pobacken mit der flachen Hand zu bearbeiten. Das laute Klatschen konnte man sicherlich im ganzen Zug hören, aber es war mir egal.

Ich war geil und wollte sie schlagen.

Ihre Backen röteten sich rasch und sie zuckte hin und her. Der Vorhang an der Schiebtür schob sich durch ihr Gezappel zur Seite und falls sich jemand auf dem Gang aufhielt, konnte er nun sicherlich ihre festen Brüste mit den erregten Nippeln sehen die sich an der Glasscheibe platt drückten.

Mir war mittlerweile alles egal.

Tapfer hielt sie die Hände nach oben. Ab und zu hielt ich kurz inne und streichelte die heißen Backen oder fuhr mit meinem Finger ihre Spalte entlang. Ich hauchte ihr einen zarten Kuss auf den Nacken und machte dann weiter.

Mein Hand schmerzte langsam.

»Die Fahrausweise bitte.«

Ich schrak hoch und öffnete die Augen. Mein Gegenüber hatte bereits ihre Fahrkarte in der Hand.

»Wann sind wir denn in Mannheim?« sprach sie den Schaffner an.

»So in fünf Minuten. Sie können sich also langsam zu einem Ausgang begeben. Wir sind etwas spät dran und werden nur kurz halten.«

Er knipste ihre Karte ab, prüfte kurz meine Dauerkarte und schob sich wieder aus dem Abteil. Die junge Frau lächelte mich an und ich hatte das Gefühl, dass sie wusste, was ich geträumt hatte.

Sie hob ihren Koffer aus dem Gepäcknetz und öffnete die Schiebetür.

Noch einmal schaute sie lächelnd zurück und verließ dann wortlos das Abteil.

Vielleicht hatte sie ja den gleichen Traum gehabt.

Starkbier, aber billig

T. Lagemann

Letztes Jahr haben wir bei uns auch Oktoberfest gefeiert. Das ganze Dorf hat mitgemacht: Die Schützenbrüder haben ein Zelt aufgebaut, der Gesangsverein bis zur letzten Minute das Jodeln geübt und wir Skat-Frauen haben uns in Dirndl gezwängt. Das wird eine Gaudi, sind sich alle ganz sicher gewesen. Nach der Tombola haben die Kuhglocken nur so vor sich hin gescheppert und die Tiroler-Hüte wurden ausgelassen geschwenkt. Selbst der Bürgermeister hat sich auf die Bühne getraut und einen Schuhplattler aufgeführt. Da hat es niemanden mehr gestört, dass die Blaskapelle von CD kam. Nur gut, dass wir das Starkbier so billig bekommen haben, habe ich gedacht. Als dann beim Aufräumen mit einem Mal der Bajuwar unter dem Tisch hervorgekrochen kam, habe ich gedacht, hoffentlich hast du zuviel Starkbier getrunken. Dem Mann hing der Schwanz schlaff aus der Hose. »Du schöne Maid«, hat er gegrinst und zu wichsen angefangen. Viel hat das nicht genützt, Wichsen ohne die gewisse Härte ist ja nicht mal witzig. Nur gut, dass wir Skat-Frauen zusammen halten. Gemeinsam haben wir den Bajuwaren dann über ein Bierfass geschnallt. »Ihr seid so geil«, hat der Mann dabei starkbierselig gelacht und all das Holz angestarrt, dass wir vor unseren Hütten haben. Wir haben ihn dann noch viel mehr sehen lassen. Auch uns hat das Starkbier ja lustig gemacht. Ich weiß noch, ich habe mir seinen Kopf gegriffen und den zwischen meine Brüste gedrückt. Die zehn Sekunden außer Atem müssen dem wie eine Ewigkeit gewesen sein. Gelächelt hat er nachher, in seinen Augen habe ich das Glück gesehen. Und die anderen Skat-Frauen haben noch ganz andere Sachen gemacht. Ich weiß nicht, was die anderen Frauen in den Augen des Bajuwaren gesehen haben. Ich weiß nur, ganz zum Schluss haben wir ihm dann Nachhilfe in Landeskunde gegeben. »Geil«, hat der Bajuwar anfangs gestöhnt, »das ist der Poplattler!« Wir haben ihm dann seinen Po richtig platt geklatscht. Um nun nicht missverstanden zu werden, es sind nicht seine Schreie gewesen, die uns angemacht haben, es ist das Starkbier gewesen.

Nachtwaerke

Business-Class

Woschofius

Jedesmal, wenn ich in ein Flugzeug einsteige, ist es das gleiche Ritual. Die Flugzeugtür wird zur Seite geschoben, ein Geruchsmischmasch aus verbrauchtem Atem, Erfrischungstüchern, Speisegerüchen und Parfum schlägt mir entgegen und eine mehr oder weniger freundliche Stewardess sagt »Guten Tag« und hält mir eine Auswahl von Zeitschriften hin. Danach zwängt man sich auf seinen Sitzplatz und natürlich sind diejenigen zuerst eingestiegen, die vorne sitzen, und versperren denjenigen den Weg, die ganz nach hinten müssen. Einen Ellenbogen in der Magengegend, ein Schubser mit einem Koffer (der die Handgepäcksgröße bei weitem überschritten hat), Flüche und Entschuldigungen. Durchdringender Achselgeruch steigt einem in die Nase und man ist froh, ab und an eine Brise Frischluft zu ergattern, die mit dem Lärm der anlaufenden Turbinen durch die geöffnete Luke eindringt. Dieses Mal war es aber anders. Gut, der Geruch war derselbe, aber die Stewardess erregte meine Aufmerksamkeit. Ihre groß gewachsene Gestalt überragte mich um fast zehn Zentimeter und die Uniform schien ihr an den üppigen Körper gewachsen zu sein. Sie trug diese Uniform nicht nur, sondern strahlte durch sie eine zwingende Autorität aus, die durch ihr streichholzkurzes, blondes Haar noch unterstützt wurde. Ihr Gesicht war etwas hart geschnitten und die hohen Wangenknochen und die etwas zu große Nase unterstrichen das Ganze. Ihre schwarzbestrumpften Füße schienen aus den schwarzen Hochhackigen herauszuwachsen. Mir fielen die perfekt polierten stählernen Absätze auf, in denen sich die Lichter der Bordbeleuchtung spiegelten. Sie begrüßte jeden Fluggast mit einem kurzen, bestimmten Nicken und schaute einem fest in die Augen. Die meisten Männer senkten sofort den Blick (Vielleicht auch, weil sich ihre Brüste unter der Jacke deutlich abzeichneten). Irgendwie fürchtete ich den Augenblick in dem ich das Flugzeug betreten würde, und als es soweit war, versuchte ich sie zu ignorieren und schaute auf meine Uhr.

»Wir fliegen pünktlich ab.«

»Wie, wie bitte?«

Nun musste ich sie anschauen und eine Gänsehaut lief mir über den Körper, als ich in ihre stahlblauen Augen schauen musste.

»Ich sagte, dass wir pünktlich abfliegen werden.«

»Ach so, ja, danke.«

Rasch drängte ich mich an ihr vorbei und nahm meinen Platz ein. Ich flog meistens Business-Class, weil ich dort mehr Beinfreiheit hatte und die Toilette normalerweise nicht ständig belegt ist. Zudem wurde man nicht so von den Ausdünstungen des Nebenmannes belästigt.

Mein Herzschlag beruhigte sich langsam, und ich begann die Flugsicherheitsanweisungen durchzulesen. Ich las sie immer durch, obwohl ich wöchentlich flog und sie fast auswendig wusste. Irgendwann begann dann dieses beunruhigende Vibrieren der hochdrehenden Turbinen. Es war mir irgendwie klar geworden, dass besagte Stewardess für mich zuständig sein würde, und genauso war es. Als wir losrollten, lief sie durch den Gang und kontrollierte die Sicherheitsgurte. Selbstverständlich war ich ordnungsgemäß angeschnallt. Trotzdem beugte sie sich nach vorne.

»Sie haben den Gurt nicht fest genug angezogen.«

Sie griff nach der Schnalle und streifte dabei wie zufällig an meinem Schritt vorbei. Ein kurzer Zug, und ich fühlte mich fast an den Stuhl gefesselt. Währenddessen schaute sie mir in die Augen, bis ich den Blick senkte.

»Wir wollen doch nicht, dass Ihnen etwas passiert, oder?«

Ihr spöttischer Unterton irritierte mich. Ihr starkes Parfüm benebelte meine Sinne und mein bestes Stück fing an zu wachsen. Sie lächelte mich süffisant an, und ich war mir sicher, dass sie meinen Erregungszustand bemerkt hatte. Sie entfernte sich wieder und setzte sich auf einen der kleinen Klappsitze, die für die Startphase von den Stewardessen benützt wurden, während eine gelangweilte Kollegin die pantomimische Sicherheitsaufklärung abspulte.

Da ich in der zweiten Reihe saß, nahm sie genau mir gegenüber Platz, schlug die Beine übereinander und schnallte sich ebenfalls an. Das Flugzeug begann langsam in Richtung Startbahn zu rollen. Meine Augen ruhten auf ihrem schwarzen Schuh, der im langsamen Rhythmus auf und ab wippte. Die Reflexionen auf ihren Stahlabsätzen wollten mich hypnotisieren, und so versuchte ich vergebens nicht mehr hinzuschauen. Sie schien meine Blicke zu bemerken, denn das Wippen hörte auf und sie nahm ihre

Beine langsam auseinander. Mein Blick wurde magisch von der Dunkelheit zwischen ihren Beinen angezogen. Neben mir ertönte ein leises Schnaufen, und ich drehte mich zu meinem Sitznachbarn auf der linken Sitzreihe um, der ebenfalls fasziniert das Schauspiel der sich öffnenden Schenkel betrachtete. Es war Abend, und die Beleuchtung im Flugzeug war auf Notlicht eingestellt. Ihre bestrumpften Beine verschwanden unter dem kurzen Rock in der Dunkelheit ihres unkenntlichen Schoßes. Doch nur kurze Zeit gönnte sie uns diesen Anblick. Ich wagte nicht, ihr ins Gesicht zu schauen. Ich spürte, dass sie mich kalt musterte.

Als das Flugzeug abhob, schlug sie die Beine wieder übereinander. Ich vertiefe mich wieder in meine Sicherheitsanweisungen und versuchte, meine Erregung unter Kontrolle zu bringen. Als wir die Sollflughöhe erreicht hatten und das Anschnallsignal erlosch, schnallte ich mich rasch ab, um den Druck von meiner Blase zu nehmen. Ich hatte in der Wartehalle zuviel Kaffee getrunken und hatte nun das dringende Bedürfnis meine Blase zu leeren. Doch dafür musste ich an IHR vorbei. Ich hoffte, dass sie irgendwann einmal ihren Platz verlassen würde, um in den hinteren Teil des Flugzeugs zu gehen, wurde aber enttäuscht. Einmal stand sie kurz auf, aber nur um den Vorhang zwischen Gastraum und Cockpit zu schließen, neben dem sich auch die Toilette befand. Nun war die Toilette auch noch durch den Vorhang von mir getrennt, und irgendwo dahinter schien sie auf mich zu warten. Nun habe ich schon seit geraumer Zeit Probleme mit der Prostata, also konnte ich es auch nicht aussitzen. Das grüne »Frei«-Zeichen lachte mich hämisch aus. Irgendwann gab ich schließlich auf und erhob mich aus meinem Sitz.

Ich schob den Vorhang zur Seite und schaute in ihr Gesicht, und ich hatte das unbestimmte Gefühl, dass sie auf mich gewartet hatte.

»Ich... ich muss nur auf Toilette.«

»Ich weiß.«

Sie öffnete die Toilettentür.

»Hier, bitte.«

Ich schob mich langsam an ihr vorbei, nochmals eine Wolke ihres Duftes in mich aufnehmend. Da spürte ich einen heftigen Stoß von hinten und flog in die enge Toilette hinein. Mein Knie schlug schmerzhaft gegen die Kloschüssel und ich konnte gerade noch verhindern, dass ich mir den Kopf am Waschbecken anstieß. Ich fiel auf die Knie, während sie sich hinter mich in die Toilette drängte und die Tür zuzog.

»So, du kleine Sau. Hat es dir vorhin Spaß gemacht zwischen meine Beine zu starren?«

»Ich...«

Eine schallende Ohrfeige ließ mich verstummen.

»Halt dein Maul und antworte mit ja oder nein. Also?«

»Ja... ja.«

Meine Wange brannte, und ich strich vorsichtig mit einer Hand darüber.

»Und, was hast du gesehen?«

»Nichts, es war zu dunkel.«

»Du lügst!«

Erneut schlug sie mir ins Gesicht.

»Bitte, ehrlich... ich habe nichts gesehen.«

Sie musterte mich kalt von oben herab.

»Möchtest du es sehen?«

Mein bestes Stück schlug pochend gegen meine Hose und begehrte Auslaß.

»Ja, ja, bitte.«

»Du hast ja schon wieder einen Steifen. Lass die Hose runter, ich möchte das sehen.«

Ich wollte mich aufrichten aber ihr Knie stieß mich sofort wieder zu Boden.

»Im Knien, los! Und wage es nicht mich anzuschauen oder anzufassen.«

Ihr Hand packte mich an den Haaren und hielt mich unten fest.

So schnell ich konnte, versuchte ich meine Hose zu öffnen. Meine Hände zitterten.

»Wird's bald!«

Irgendwie schaffte ich es. Meine Hose rutschte über die Schenkel und mein steifes Glied schnellte empor.

»Na, da ist er ja, der Kleine.«

Sie begann mit ihrem Schuh an ihm herumzuspielen. Ich kniete vor ihr und ließ es einfach geschehen. Die Spitze ihres Schuhes streichelte an der unteren Seite meines Gliedes entlang. Einmal versuchte ich nach ihren Füßen zu fassen, aber ein kräftiger Ruck an meinen Haaren hielt mich davon ab.

»Lass das.«

Nun griff sie mit der Hand nach unten und nahm ihn fest in die Hand. Dazu musste sie sich nach vorne beugen und ihre großen Brüste unter der Uniformjacke drückten sich gegen mein Gesicht. Nun begann sie, mein Glied zu massieren. Dann umfassten ihre kalten Hände meine Hoden und drückten langsam zu.

»Hast Du Angst um Dein bisschen Männlichkeit?«

Ich schwieg.

Ihr Griff wurde fester und ein stechender Schmerz fuhr durch meinen Unterleib.

»Antworte!«

»Ja, bitte nicht wehtun.«

Ihr Griff lockerte sich. Mit ihren langen, schwarz lackierten Fingernägeln fuhr sie langsam an meinem Penis nach oben und massierte zärtlich meine Eichel. Bereits nach wenigen Sekunden entlud ich mich aufstöhnend in ihre Hand. Von dort tropfte es auf ihren Schuh.

»Was soll das!« fuhr sie mich an und steckte ihre verschmierten Finger in meinen Mund. »Leck das ab, du Sau, los!«

Ich musste würgen, gehorchte aber, als ihre andere Hand schmerzhaft an meinem Ohr riss. Sorgfältig reinigte ich ihren Finger, mit dem sie meinen Mund penetrierte. Schließlich entzog sie mir ihre Hand.

»Und jetzt meinen Schuh.«

»Bitte...«

Ihr Knie traf schmerzhaft mein Kinn, und ich schlug mit dem Hinterkopf gegen die Wand.

»Los, mach schon.«

Die ersten Tränen flossen mir übers Gesicht, und aufschluchzend begann ich ihren Schuh sauber zu lecken. Rotz floss aus meiner Nase und tropfte zu Boden. Ich zitterte am ganzen Körper und war gefangen in der Zwischenwelt von Angst, Wut, Lust und grenzenlosem Begehren.

Sie streichelte meinen Kopf und zog ihn dann nach oben zwischen ihre Schenkel.

»Ich werde dir jetzt das zeigen, was Du vorhin sehen wolltest.«

Sie zog den kurzen Rock mit einer Hand nach oben und gierig drängte ich meinen Mund zwischen ihre Schenkel. Sie trug keine Unterwäsche und ich saugte den scharfen Geruch dieser Frau in mich ein. Ihre Scham war rasiert und meine Zunge tastete vorsichtig über ihre schmalen Lippen.

Sie zog meine Kopf nach oben und erneut traf mich eine schallende Ohrfeige.

»Ich hab Dir nicht erlaubt, mich zu lecken, oder? Mach den Mund auf!«

Ich ergab mich, wollte alles für SIE tun… und war glücklich, als ihr warmer Urin in meinen Mund floss.

Ich schluckte, so schnell ich konnte, doch ein Teil ergoss sich über mein Gesicht und mein Jackett.

Nachdem sie sich ergossen hatte, zog sie ihre Uniform zurecht und verließ nach einem prüfenden Blick in den Spiegel die Toilette ohne mich eines Blickes zu würdigen. Ich schloss hinter ihr sofort ab und betrachtete mein Gesicht im Spiegel. Meine Haare waren nass und ich schaute in ein verheultes, aber glückliches Gesicht. Nachdem ich mich etwas gerichtet und endlich meine Blase geleert hatte, verließ ich die Toilette. Mein Sitznachbar schaute mich seltsam an. Ich wusste nicht, ob er irgendetwas mitbekommen hatte oder sich nur über meine nasse Kleidung wunderte.

Es war mir auch egal.

Den Rest des Fluges bekam ich sie nicht mehr zu Gesicht und nur ihre süffisante Stimme verabschiedete mich über die Bordsprechanlage.

»Verehrte Fluggäste, Kapitän Petersen und die Crew möchten sich dafür bedanken, dass sie mit uns geflogen sind und wir hoffen, Sie bald wieder an Bord begrüßen zu dürfen.«

Die Hände

Barbara Büchner

Seit drei Jahren war die Fürstin Erszebeth* jetzt schon in diesem allseits vermauerten Gelass gefangen, in dessen ständige tiefe Spinnwebschatten kaum einmal ein Lichtstrahl drang. Wo die Fenster gewesen waren, starrten blinde Ziegelmauern. Licht erschien nur, wenn eine Magd sich mit der Lampe näherte. und selbst dann fiel dieses Licht – das der Gefangenen unnatürlich grell und gleißend erschien – nur durch den handbreiten Schlitz im Mauerwerk, knapp über dem Boden, durch den das Essen hereingeschoben wurde. Die Fürstin, einst von fast überirdischer Schönheit, war in ihrer Dunkelheit verblüht wie Blumen im Finstern verblühen, war eine alte Frau geworden, schlaff und bleich, mit ergrauendem Haar, das ihr ungekämmt auf die Schultern hing. Ihre Nägel waren lang gewachsen, waren abgebrochen und wieder gewachsen, bis sie zu Krallen verhornten, ihr Haar, das sie längst nicht mehr kämmte, war mit Weichselzöpfen gespickt. Sie trug oft wochenlang dieselben Kleider und achtete nicht darauf, dass die einst so prunkvollen Roben jetzt von Schweiß und Schmutz starrten. Schon vor langer Zeit hatte sie alle ihre Spiegel zerschlagen, hatte sich geweigert ihre eigene Monstrosität zur Kenntnis zu nehmen.

Sie wusste, dass sie diesen Raum nie mehr verlassen würde, dass sie hier in ihrem staubigen Bett sterben würde, der gnadenlosen Stille und den wahnsinns-schwangeren Schatten der Einsamkeit ausgeliefert. Ihr Richter hatte es ausgesprochen wie einen Fluch: Du bist nicht mehr wert unter Menschen zu leben. Nun thronte auf jedem der vier Türme ihres Schlosses ein hölzerner Galgen, ein düsteres Symbol dafür, dass Gerechtigkeit geschehen war, und ein warnendes Zeichen für jeden Vorüberziehenden das Totenschloß zu meiden.

---

* Die ungarische Gräfin Erszebeth Bathory, Mörderin von mehr als sechshundert jungen Frauen, wurde zur Strafe für diese Verbrechen in ihrem Schloss Czejte in ihrem eigenen Schlafzimmer eingemauert, wo sie, fernab aller menschlichen Gesellschaft und in tiefer Dunkelheit, noch mehrere Jahre lang lebte.

Es war eine grausame Strafe, aber am grausamsten war sie, wenn die Gefangene daran erinnert wurde, dass außerhalb ihrer nachtdunklen Zelle Menschen lebten... wenn einen Augenblick lang die Hand einer Magd sichtbar wurde, die unvorsichtig weit in den Schlitz griff. Dann stürzte sie knurrend wie eine Tigerin auf diese Hand zu, wollte sie an sich reißen, sie zu sich hereinziehen, um sie zu zernagen und zu zerbeißen. Die Gefangenschaft hatte nichts dazu getan, ihre Gier abzutöten. Ganz im Gegenteil, sie war in der endlosen Nacht geschwollen und gewuchert wie ein giftiges Gespinst. Genährt von unbefriedigten Fantasien, die fratzenhaft in den Ecken lauerten, war sie über jedes Menschenmaß hinaus angewachsen, bis sie zu einem andauernden fieberhaften Zustand höchster Erregung wurde. Erszebeth war jetzt weniger als ein Tier, denn kein Instinkt hemmte mehr ihre Begierde. Sie wusste, wenn man jemals diese Ziegel entfernt, diese vermauerte Türe geöffnet hätte, sie wäre in rasendem Blutrausch ins Licht gestürzt um alles zu zerreißen, was ihr unter die Hände kam und sich im Blut der zerfleischten Leiber zu baden.

Der Palatin Thurzo hatte gewusst, wozu er sie verurteilte: Sie war allein mit den Dämonen des Schweigens, der Finsternis – und ihrer unersättlichen Lust. Sechshundert jungen Frauen hatte diese blutgierige Lust das Leben gekostet. Erszebeth war es gewohnt gewesen, jedes schwächste Aufflackern eines Gelüsts mit Blut zu löschen. Nun tobte der Brand unlöschbar – sie war auf sich allein angewiesen, zehrte von Erinnerungen, die immer trüber wurden, von unfruchtbaren Träumen und Fantasien, es juckte und sie konnte nicht kratzen. Ihre Begierde prallte an den undurchdringlichen Steinen ihres Gefängnisses ab. Sie hätte eine Fliege zerrissen, eine Maus zu Tode gequält um noch einmal die lebende blutige Lust zu verspüren, aber in der staubigen Leere gab es weder Fliegen noch Mäuse. Es gab nichts als die Hände.

Und die gab es nicht allzu oft, denn die verfluchten Weiber waren vorsichtig, wo sie ihre Pfoten hineinsteckten, sie wussten nur zu gut, was hinter dem Mauerschlitz lauerte und einmal schwieg und ein andermal heulte. Oft gaben sie dem Tablett einen Stoß, dass es hineinrutschte, und sie holten es erst wieder ab, wenn es so tief im Schlitz stand, dass sie es mühelos von draußen ergreifen konnten. Nur selten ließ eine sich verlocken, achtlos hineinzugreifen. Aber für diese Augenblicke lebte Erszebeth – für die Sekunden, in denen im bleichen Licht der Lampe eine Frauenhand sichtbar wurde, glatt und lebendig und von kostbarem

Blut durchpulst. Sie hatte keinen Blick mehr dafür, dass es die groben Hände von Mägden waren, oft rau und vom Spülen gerötet. Es war lebendiges Fleisch, das war alles, was zählte.

Sie hatte nichts mehr, womit sie sich diese Hand aneignen konnte, als die Scherben der zerbrochenen Spiegel. Die hütete sie wie einen Schatz. Wenn ein Licht sich näherte, dann ergriff sie oft die größte der Spiegelscherben und schlich an den Mauerschlitz heran, kauerte sich dort auf den Boden und wartete lautlos, ein Schatten inmitten der Schatten. Sie wusste, sie würde nur eine Sekunde lang brauchen, um mit der großen, sichelförmigen scharfen Scherbe die Hand vom Gelenk zu trennen, wenn sie sie erst einmal zu fassen bekam – diesen köstlichen Brocken Fleisch, der von warmem Blut troff und spritzte, der noch zwischen ihren Zähnen zuckte, als wollte er sich loswinden.

Sie wartete geduldig.

Sie hatte Zeit.

Der Spinnwebschleier

Barbara Büchner

Ein heißer Wind wehte, ein Wind, wie er die Pest mit sich bringen mag, als Alcina dem Friedhof zueilte. Die Sterne standen gelb und schweflig am Nachthimmel. Der Mond hatte einen gasigen Hof, in dem er zu schwimmen schien, wie eine Blüte in schmutzigem Wasser. Das winzige schwarze Büchlein eng an sich gepresst, jagte Alcina mit wehendem Cape dahin, das lange dunkle Haar offen, so dass es hinter ihr herwehte, eine zausige und lockige Masse, die sich wie von einem eigenen Leben beseelt in den unruhigen Windstößen schlängelte. Sie erreichte die Mauer des Friedhofs, schloss die winzige Pforte darin mit dem gestohlenen Schlüssel auf und setzte zögernd den Fuß in die Wüste aus Steinen und Kies. Die Grabsteine, schwarz und grau und mit goldenen Schriften versehen, ragten stumm in die Dunkelheit. Die Lorbeer-Büsche sangen Nachtlieder, wenn der Wind sie berührte, böse raunende Lieder, die von unaussprechlichen Dingen erzählten.

Alcina schauderte in der heißen Luft, aber die Begierde, die sie trieb, war stärker als ihre Angst. Hastig betrat sie eine der marmornen Platten, in der schwach der Widerschein des Mondlichts glänzte, und schlüpfte dort aus ihren Kleidern, die sie zu einem schlaffen Haufen am Rande der Gruft zusammenfallen ließ. Nur die Strümpfe behielt sie an, deren breite schwarze Ränder ihre Oberschenkel wie in fester Umarmung umschlossen. Sie kniete auf der Grabplatte nieder und verband sich die Augen, wie das Ritual es befahl. Dann sprach sie langsam, mit stockender Stimme die Anrufung, die in kleinen zackigen purpurnen Buchstaben in dem Büchlein geschrieben stand.

Nichts regte sich. Der Mond warf weiter seinen gleichgültigen, kranken Schein über den Friedhof, die Büsche wisperten ihre tückischen Lieder, ein Käuzchen schrie in der unbehaglich heißen Nacht. Alcina fühlte, wie der Schweiß aus ihrer entblößten Haut sickerte und ihr langsam über den Rücken und über den flachen Bauch rann. Angst und erwartungsvolle Lust durchbebten sie zugleich, als sie in die raunende

Nachtluft lauschte, unsicher, was geschehen würde und wie es geschehen würde. Ein Windstoß, warm und übel riechend wie vermodernde Blumen, strich an ihr vorbei und erregte einen jähen Schauder des Widerwillens. Sie spürte, wie Leben in die Nacht kam. Das Wispern in den Lorbeer-Büschen wurde drängender, als versuchte einer den anderen niederzureden. Ein Kribbeln lag in der Luft, als warteten die elektrischen Spannungen eines Gewitters darauf, sich zu entladen. Aber kein Blitz fuhr nieder. Nur ein schwaches Singen und Knistern war da, das über Alcinas nackten Körper lief, und ihn wie ein Mantel aus Spinnwebschleiern umgab. Sie spürte jetzt auch die Spinne, die fern am äußersten Ende dieses Netzes saß, mächtig und potent, mit Augen wie geschliffene, schwarze Juwelen.

Das Netz bebte und sie fühlte die Annäherung der Spinne. Einen winzigen Schritt nur, den das Ungeheuer auf sie zu tat. Es weidete sich an ihrer bangen Erwartung, genoss die angstvolle Lust, die ihm entgegenpulsierte und Alcinas kindliche Schamlippen öffnete wie ein neugierig spielender Finger. Sie fühlte, wie sie aufklaffte, wie ihre Schamlippen sich entfalteten wie eine Blüte am Morgen und Feuchtigkeit sich in ihrer Öffnung sammelte. Ihre kleinen, trotz ihrer Jugend ein wenig schlaffen Brüste strafften sich. Sie schauderte, als sie sich so entblößt und ausgesetzt wusste, ein hilfloses blindes Ding, das den Angriff eines Mächtigen erwartete – aber die Binde abzunehmen hätte ihren Tod bedeutet. Was immer aus der Dunkelheit auf sie zukam, wollte nur gefühlt, nicht gesehen werden.

Es kam näher, eine mächtige dunkle Gegenwart, und befingerte ihren ausgesetzten Körper mit so zarten Fingern, dass sie kaum zu spüren waren. Ein Wispern drang an Alcinas Ohr wie das Zischeln der Blättchen einer Pappel, aber es war ein sprechendes Wispern – Worte lagen darin, fremdartige und altertümliche Worte, die sie zugleich erschreckten und bezauberten. Die Spinne rückte ihr näher, verdunkelte mit ihrer gewaltigen Masse den Mondschein und erdrückte jede andere Gegenwart. Es wurde still rundum. Aus den Rändern des Spinnwebschleiers drang ein prickelndes Knistern, das feurige Linien auf ihre Haut zu zeichnen schien – so jedenfalls erschien es ihr in ihrer Blindheit. Ein Finger grub sich in ihren Nabel, ein anderer strich zur gleichen Zeit die feuchte Innenseite ihrer Schenkel entlang.

Sie spürte, wie etwas sich zwischen ihre Beine zu drängen begann, aber es hatte kein menschliches Maß. Es war, als kniete sie über einem schwarzen Ameisenhügel, der immer höher aufwuchs und den stumpfen Raum zwischen ihren Schenkeln ausfüllte. Es war zu gewaltig, um in sie einzudringen, und doch schien es eben das zu tun. Es durchdrang sie nicht, es erfüllte sie, wie Rauch in Ritzen fließt und Wasser in Spalten – und doch war es gleichzeitig fest, sein Drängen war körperlich, es schien die feuchte Öffnung ihres Schoßes zu sprengen, so hart und entschieden suchte es sich seinen Weg. Alcina schauderte, als diese Übermenschlichkeit sie in Besitz nahm. Es überwältigte sie von allen Seiten, war gleichzeitig zwischen ihren Hinterbacken und ihren Schenkeln und in ihrem Mund, als suchten sich die zahllosen Beine der schwarzen Spinne ihren Weg in sie hinein, wo immer sie eine Öffnung vorfanden – und sie drangen tiefer ein, als je ein Mann eingedrungen war. Alcina spürte sie in ihrem Innersten. Ihr ganzes Wesen bis zum Herzen war ausgefüllt davon. Es durchbohrte sie wie ein Spieß, auf dem sie hilflos steckte, und doch war es gleichzeitig weich und nachgiebig. Ja, je länger sie es spürte, desto mehr schien es ihr, dass dieser Eindringling ihr eigenstes Wesen war. Was sie von außen in Besitz genommen hatte, pulste nun in ihren Organen, erfüllte ihren Bauch wie eine Schwangerschaft, ihre Gedärme wie ein heißes Klistier; sie war so übervoll davon, dass sie meinte ihre Haut bersten zu fühlen.

Mit einem wilden Aufschrei riss sie sich die Binde herunter.

Da war nichts, nur die von geronnenem Mondschein versilberten Büsche und die Wüste der Grabsteine.

Töte mich nicht!

A. Sadeghi

Um eines vorweg zu nehmen: Ich mag mein Leben, genieße es, auch wenn nicht jeder Tag gleich lebenswert erscheint, möchte es nicht verlieren, ehe es mir vielleicht eines Tages – nach meinem neunundneunzigsten Geburtstag – schwer fallen wird. Und dennoch, mich fasziniert seit langem der Gedanke, mich einer Frau derart auszuliefern, dass Sie mich völlig unbewaffnet töten könnte, dass ihr Körper, den ich begehre, mir Schmerzen jeder Art und Intensität zufügen– und mir meinen Stolz, meinen Willen und selbst mein Leben nehmen könnte. Ich möchte atemlos unter Ihrem – gestatten Sie mir dieses Wort – Ihrem Arsch liegen, meinen Mund und meine Nase vergraben zwischen Ihren Backen, völlig abhängig werden von Ihrer Gnade, Ihrer Entscheidung, sich vielleicht irgendwann ein kleines Stück weit von meinem Kopf zu erheben und mir Luft zu schenken. Ich möchte in weiblichem Würgegriff die Macht einer Frau spüren, wenn die Schenkel einer Amazone sich um meinen Hals schließen, ich fixiert am Boden liege, und nur durch absoluten Gehorsam der tödlichen Schlinge entkomme. All diese Spiele, diese wunderbar geilen Spiele träume ich nicht nur, vielmehr lebe ich meine bizarren Fantasien und liebe sie. Sie sind untrennbar Teil meines Lebens. Lange schon! Und sie werden das wohl auch bleiben, auch wenn ich mir des Risikos bewusst bin, dem ich mich dabei aussetze – spätestens seit zwei Tagen.

Miriam kenne ich bereits seit gut einem halben Jahr. Sie faszinierte mich bereits bei unserem ersten Treffen, zog mich kleine, devote Schmeißfliege unwillkürlich in Ihren Bann und ließ mich nicht mehr los. Starke, sportliche und doch weiblich wirkende Frauen übten stets einen besonderen Reiz auf mich aus. Miriam entspricht genau diesem Typ Frau: Der Frau, die mir in meinen Träumen den Arm verdreht, mich zum Kuss auf ihre Füße zwingt, meinen Kopf zwischen ihren Schenkeln schmoren lässt, bis ich mich unterwerfe. Deshalb genoss ich es sehr, Miriam durch eine kleine zwanglose Unterhaltung im Fitnessstudio kennen lernen zu dürfen. Sie spürte von Anfang an meinen

Wunsch, von ihr dominiert zu werden, so wie ich schnell merkte, dass Sie es genoss, Männern ihren Willen aufzuzwingen. Ihre vollen Brüste und ihre langen Beine machten es ihr leicht, Männer zu manipulieren, sie zu tanzenden, herumalbernden Narren zu machen, zu aufgeplusterten Hähnen, die mit leicht zu durchschauendem Imponiergehabe ihre Gunst zu gewinnen versuchten. Ihr aber reichte das nicht. Ihre Dominanz war von anderer Natur und passte derart gut zu meinen Fantasien, dass Miriam ohne Abstriche zu machen, hätte meinen Träumen entspringen können. Sie war geübte Kampfsportlerin, wollte und konnte viele Männer in wimmernde Verlierer verwandeln, sie mit wohl dosiertem Schmerz unterwerfen und in absolute Hilflosigkeit verbannen. Sie liebte die Siegerpose, liebte es, ihren Fuß auf die Wange des niedergestreckten Gegners zu drücken, um ihn zu demütigen, und manchmal, bei Devotlingen wie mir, die sie kannte und als Bettgenossen wählte, nutzte sie ihren Sieg, um sich von ihrem Opfer befriedigen zu lassen, sei es mit einem Ritt oder indem Sie sich seiner Zunge bediente, um die saftige Beere zwischen ihren Beinen zu reizen.

Sex war schnell Bestandteil unserer Beziehung; es war besonderer, von unseren Träumen genährter Sex. Wir passten perfekt zueinander, ich begann, Miriam zu lieben, mehr als jemals zuvor eine Frau. Und ich hoffte, nein, vielleicht wusste ich sogar, dass auch sie etwas für mich empfand. Miriam ist ein sehr fröhlicher, spontaner Mensch und damit etwa das Gegenteil von mir. Auch das zog uns gegenseitig an. Sie liebte meine etwas nachdenkliche Art, auch wenn sie sich manchmal darüber lustig machte, war selbst stets charmant, freundlich und fast immer gut gelaunt, sich dabei aber stets ihrer Macht bewusst, sensibel, offen und dennoch stark. Stehend konnte ich es manchmal mit ihr aufnehmen, weil ich selbst nicht völlig schwächlich bin; hatte sie mich aber erst einmal in ihren Griff gebracht, lag ich hilflos wie ein Baby und musste mich ihrer Gewalt ergeben. Sie genoss stets meine Geilheit, die mich zusätzlich in ihre Hand brachte: Wenn ich an ihren Nippeln lutschen durfte, wenn sie mir befahl, ihr die Stiefel auszuziehen und die Nylons, und mir dann die nackten Füße zum Kuss hinstreckte, wenn ich ihr den Arsch zu lecken hatte und die Muschi, bis sie kam; schließlich, wenn sie es mir erlaubte, mit meinem Schwanz tief in sie zu tauchen und gegen ihren Körper zu klatschen bis zu meinem eigenen Orgasmus.

Ein ganz besonderes Spiel für uns beide waren stets die Würgegriffe, in die sie mich zwang: Ihre Arme schlangen sich fest um meinen Hals, drückten mich an ihren nackten Körper, hielten mich regungslos, während Ihre Zunge mein Gesicht erforschte, mich mit ihrem Speichel bestrich, ohne dass ich mich hätte wehren können, selbst wenn ich es gewollt hätte. Miriam besaß Kraft. Wenn sie den Griff richtig zuzog, wurde es mir schwer und immer schwerer zu atmen. Sie saß hinter mir, mich haltend, ihr Bauch, ihre Brüste drückten sich an meinen Rücken und ihre Schenkel spreizten meine. Es erregte sie wie mich; sie presste ihren Mund an mein Ohr, stöhnte, während sie zudrückte, und füllte meinen ganzen Kopf mit diesem Geräusch. Mein Schwanz stand aufrecht von meinem Körper weg. »Soll ich...?«, fragte sie dann, nahm meinen Kopf fester und musste ihre Frage niemals vervollständigen. »Nein, nein bitte!«, antwortete ich stets. In ihrem möglicherweise tödlichen Griff zu liegen, bereitete mir größte Lust. Nach diesem Vorspiel liebten wir uns häufig, manchmal ohne weitere Dominanzspiele und sehr zärtlich, manchmal auch wild mit Schlägen und Griffen von ihr, die mich weiter zu einem benutzbaren Sklaven degradierten. Es war schön, sehr schön!

Aber in jeder Beziehung gibt es Grenzen: Die zu überschreiten bedeutet, ein noch so fein gesponnenes Beziehungsnetz zu zerreißen; und gerade in dominant/devoten Beziehungen sind solche Grenzen immens wichtig. Vielleicht hätten Miriam und ich über unsere Grenzen reden sollen, aber uns schien unser Miteinander so perfekt zu sein, dass so etwas nicht nötig war. Wahrscheinlich haben wir uns getäuscht! Vor zwei Tagen stritten wir uns erstmals in unserer Beziehung sehr heftig. Fragen Sie bitte nicht nach den Ursachen, sie sind belanglos wie viele Gründe für Streitigkeiten. Wir schrieen uns an, keiner von uns beiden war bereit, nachzugeben, einen Kompromiss zu suchen. Es war Sonntagabend; Miriam trug nichts als Slip und T-Shirt und ich, ich hatte nicht einmal ein T-Shirt an. Wie Kampfhähne standen wir uns im Wohnzimmer gegenüber, und trotz des Streits war da wieder diese Faszination in mir, nicht im Vordergrund, sondern überdeckt von meiner eigenen Wut, aber ohne Zweifel, sie war da: Ich spürte sie beim Anblick ihres kampfbereiten Körpers, der langen Beine, die sie zum Tritt in meine Eier heben könnte, ihrer Hände, die blitzschnell zuschlagen konnten und beim Blick in ihre Augen, die mich zu beherrschen, zu paralysieren versuchten. Ich hasste... und liebte sie in jenem Moment zugleich. Der Streit wurde immer heftiger, ja, geriet geradezu zu einem existenziellen Machtkampf. Wir berührten uns an den Schultern wie zwei Ringer, die einander auf den Boden werfen wollten, nicht sportlich oder als erotisches Spiel, sondern um ein für alle Mal die Machtverhältnisse klar zu stellen, eine für beide wichtige Situation nach eigenen Vorstellungen zu entscheiden. Sie fragen sich jetzt vielleicht, wieso ein sklavischer Mann wie ich sich mit seiner Herrin anlegt (irgendwie besaß Miriam diesen Status für mich: eine Herrin)? Nun, ich bin devot, oh ja, ... aber nicht 24 Stunden lang, nicht sieben Tage in der Woche. Es gibt Dinge, die mich betreffen, da möchte ich selbst entscheiden, und bei diesem Streit mit Miriam war es mir sehr wichtig, nicht nachzugeben, zu zeigen, dass mein Wille nicht dauerhaft und in jeder Situation ihrem unterlegen ist. Aber ich hatte keine Chance.

Mit einem Fußfeger holte Miriam mich von den Beinen, war im Nu über mir und setzte... mir den nackten Fuß auf den Hals. Ich gab einen gurgelnden Laut von mir, als sie zudrückte, und mich fest an den Boden nagelte. Ich umklammerte Ihren Fuß, was sie dazu brachte, fester zuzudrücken, so dass ich aufschrie, während mein sehnsüchtiger Blick zwischen ihre Beine fiel. Angst und Beklemmung überkamen mich, konnten die Lust, die ich gleichzeitig spürte, aber nicht vollends verdrängen.

»Lass meinen Fuß los!«, sagte sie bestimmt. Verloren! Innerhalb von Sekunden hatte ich diesen Kampf verloren, mit allen Konsequenzen. Ich ließ ihren Fuß sofort los, um mir weitere Peinigung zu ersparen. Sie quittierte das mit einem sarkastischen Lächeln. Mit ausgebreiteten Armen lag ich jetzt auf dem Boden.

»Was nun, Machomann?«, fragte sie ironisch und scharf zugleich. Ihr Fuß drückte noch immer fest gegen meinen Kehlkopf. Diese Demütigung war intensiver als alle anderen zuvor, alles Spielerische war ihr genommen. Aber meine Lage war noch prekärer. Ich hatte Angst, große Angst. Ich sah die Entschlossenheit in ihren Augen, mich zu töten, wenn ich mich bei unserem Streit nicht geschlagen gäbe. Sie ... nein, dachte ich, so weit geht Sie nicht, niemals. Aber meine Sicherheit war vorgetäuscht. Dieser Blick ... Ihre Augen ... Sie ... würde es tun?

»Soll ich...?«, fragte sie. Ich war nur fähig, mit dem Kopf zu schütteln.

»Ich kann dir auf den Hals steigen, Burschi, und dir den Kehlkopf eindrücken.« Ihr Fuß rieb sich jetzt an meiner Kehle. Die Sohle war kühl, fast kalt. Das Schlucken fiel mir schwer.

Sie würde es nicht tun. Nie! Sie würde...

»Bitte...«, flehte ich.

»Bitte... was?«, erwiderte Sie.

»Tu es nicht!«, sagte ich.

»Was? Was soll ich nicht tun?«

»Mich... mich töten!«

Sie lächelte. Ich hatte mich ein weiteres Mal ihrer Macht unterworfen, aber dieses Mal war es kein Spiel, dass wir gemeinsam spielten, es war Ernst, eine Unterwerfung, die viel weiter ging als die Male zuvor. Jetzt würde es keinen Unterschied mehr zwischen Sexualität und Zusammenleben geben. Ich war ihr Untertan: Ob es um die Entscheidung ging, ins Kino oder ins Theater zu gehen, ein Eis oder lieber Spaghetti zu essen, an den See zum Baden oder in den Tierpark zu fahren; ihr Fuß würde immer auf meinem Hals stehen und mir ihren Willen aufzwingen. Würde sie zudrücken? Meinen Hals zerquetschen, wenn ich meinen Widerstand nicht aufgäbe? Ich war zu feige, zu klug, zu unsicher, es auszutesten.

»Wirst du brav sein?«

Ich nickte!

»Lass es mich hören!

»Ich werde brav sein!«

Noch einmal drückte sie den Fuß fester gegen meinen Hals. Wieder gab ich einen erstickten Laut von mir.

»Bitte!«, flehte ich. Sie hob den Fuß und ließ meine Kehle frei.

»Ich hätte es tun können!«, sagte sie.

Gebrochen ließ ich es zu, dass sie sich auf meine Brust setzte, meinen Kopf zwischen ihre Schenkel sperrte, den Stoff ihres schwarzen Slips zur Seite schob und mir ihre Schamlippen auf den Mund presste, damit ich sie zum Orgasmus lecke. Ich schämte mich, ob meiner absoluten Niederlage, und dafür, trotz allem Lust beim Saugen dieser saftigen Muschi zu fühlen.

»Du darfst gehen!«, sagte sie, nachdem sie mich missbraucht hatte. Von ihrer Sensibilität spürte ich nichts mehr, ich empfand sie als eisig kalt, und – was mich erschreckte – das tat meiner Faszination kaum einen Abbruch.

Zwei Tage sind jetzt vergangen. Ich habe viel nachgedacht, versucht, mein Ego wieder aufzurichten, allerdings mit mäßigem Erfolg. Wenn ich »Nein« gesagt hätte, »Nein, ich werde nicht brav sein!«, hätte sie dann ... hätte sie? Immerzu denke ich darüber nach.

Angerufen habe ich sie bisher noch nicht; ich weiß nicht, ob ich es tun soll, weiß es wirklich nicht. Aber ich liebe sie, liebe sie noch immer, meine dominante Göttin. Und da ist dieser Drang, diese Sehnsucht, ihren Fuß nochmals auf meinem Hals zu spüren, sie wiederzusehen, ihre Dominanz zu schmecken, ich ... melde mich (nicht mehr?) ...

Die Nahrung der Toten

Barbara Büchner

Die Toten verlangen nach Nahrung, aber sie erhalten sie nicht. Nur selten findet sich jemand, der das monströse Ritual vollzieht, das ihnen zu essen gibt – das gibt, wonach sie am meisten verlangen: Das Leben einer jungen Frau.

Es war ein altes Grab mit einer mächtigen Platte, von schwarzen gusseisernen Schnörkeln umfriedet, durch die sich Efeu und Blumen ihren Weg gesucht hatten. Zwei lange Ketten spannten sich zu Häuptern und zu Füßen der Grabplatte; silbern schimmernd hoben sie sich – ganz neu – von der schwarzen Marmorplatte mit der tief ausgehauenen goldenen Schrift ab. Auf dieser Platte lag eine junge Frau, nackt, mit geschorenem Schoß, die Augen mit einer schwarzen Seidenbinde verbunden, denn der Anblick dessen, was Nachts aus den Gräbern aufsteigt, ist unerträglich. Sie war freiwillig hier, bereit, das Opfer für den Geliebten zu bringen, der seit Tagen unter der schwarzmarmornen Platte lag. Im Leben hatte er ihren Hunger gestillt, nun war sie bereit den seinen zu stillen.

Sie war voll Leben, die Glieder prall und weiß, mit runden Armen und Schenkeln und Brüsten, die selbst noch in ihrer gestreckten Haltung füllig erschienen. Es war kalt auf der Marmorplatte, aber sie fror nicht. Das Leben in ihr pulste und wärmte sie. Sie war bereit, ihm von diesem Leben zu geben, genug um sein schwindendes Sein aufzuhalten. Aber sie wusste nicht, dass die Toten die Lebenden nur noch als Fleisch betrachten, nicht als Quelle des Lebens, sondern nur als Nahrung, die sie mit den Zähnen zerreißen und in großen Brocken verschlingen. Das Fleisch der Lebenden stillt ihren Hunger, aber es hält ihr Verschwinden nicht auf. Sie sind satt, und doch werden sie immer weniger, werden unaufhaltsam zu Staub. Es lohnt nicht, ihnen zu essen zu geben.

Davon wusste die junge Frau auf der Grabplatte nichts. Sie träumte Träume, in denen ihr Geliebter ins Leben zurückkehrte, wie er gewesen war, in denen ihre Kraft ihn wieder lebendig machte oder ihm wenigstens einen Anschein des Lebens gab, so dass sie ihn noch einmal fühlen konnte. Wie hatte sie seine Nähe genossen! Wie hatte er sie mit Kraft und Leben erfüllt, wenn er seine Essenz in ihren weit geöffneten Schoß ergoss! Dann war es gewesen, als pulste er als ein Ganzes in sie hinein und verdoppelte ihre Existenz mit der seinen – es war gewesen, als verschlinge sie ihn und nehme ihn in sich auf, und oft hatte sie sich nach diesem Empfinden gewundert, dass er immer noch da war, ein von ihr getrenntes Ganzes, das sein Leben weiterlebte. Nun war sie bereit sich in ihn zu ergießen. Sie lag still und erwartungsvoll und sehnte die Mitternachtsstunde herbei, die langsam durch die schwere, stickige Wärme der Nacht heranschlich.

Allmählich begann es sich in den schwarzen Bäumen und Büschen zu regen. Ein Wind kam auf, als hauchten Atemzüge aus den zahllosen Gräbern hervor. Da und dort wurde ein heiseres Rascheln laut. Es schien, als ächzten die marmornen Platten, als regten die Grabsteine sich in ihren Verankerungen, während unholdes Leben unter ihnen zu kriechen und zu wimmeln begann wie Tausendfüßler in einem finsteren Loch. Die Frau spürte eine Bewegung, ein Dasein, das langsam in die schwüle Nacht sickerte, eine Gegenwart, die immer mehr wurde. Dinge, die still liegen sollten, begannen sich zu bewegen. Längst Erstarrtes krümmte sich in ächzenden Bewegungen. Dürres Fleisch faserte und zerfiel, als halb vermoderte Körper sich aufbäumten. Die Aussicht auf Nahrung hatte alle geweckt, die nahe genug lagen, um sie riechen zu können – und eine schaudernde Ahnung erfüllte sie, dass der Geliebte nicht der einzige sein würde, der seinen Hunger an ihr zu stillen versuchte. Sie machte eine ruckartige Bewegung und hörte das Klirren der Ketten, die sie erbarmungslos festhielten. Nun, wo sie den Pakt geschlossen und das Ritual begonnen hatte, musste sie es auch durchhalten; es gab keinen Ausweg mehr.

Sie lag still und hörte, wie es sich durch die blinde Finsternis bewegte, kriechende Dinge, die sich über den rauen Boden heranwälzten und Fetzen ihres Daseins hinter sich herschleppten. Halb Knöchernes holperte über den Kies und die Steine, halb Zerfallenes bot seine Kräfte auf, um sich noch einmal zu sammeln. Manche dieser Dinge verloren Teile ihrer selbst, während sie sich heranschoben, und mussten zurückkehren und das Verlorene sammeln. Andere zerbrachen, als sie sich aufrichteten, und krochen in Stücken weiter ohne zu wissen, was noch zusammengehörte. Die Frau hörte ihr Knistern und Wispern, das Nachschleifen spröder Lumpen, das Krabbeln und Kriechen, als Dinge, die keine Gestalt mehr hatten, sich zu Gestalten zu sammeln versuchten. Manche waren nur noch Zähne zum Beißen und Hände zum Greifen, manche entrollten sich in langen Spiralen gelblich vertrockneter Bänder, die durch das wirre nachtschwarze Gras schleiften. Aber allen gemeinsam war der wütende Hunger nach Leben.

Die Frau spürte, wie es sich trocken und staubig an sie heranschob, gekrümmte Finger, aus ihrem Zusammenhang losgelöste Teile, die sich arm- und beinlos bemühten, die Marmorplatte zu erklimmen, rollende Schädel, die wie Kugeln hinaufsprangen. Eine wogende Masse von menschlichem Unrat umgab sie, der halb belebt hüpfte und hopste, eine konfuse gierige Masse, die durch tausend Poren das Leben aus ihrem Leib zu saugen versuchte.

Sie starb vor Entsetzen.

Dunkles Verlangen

Dark Graf

Erinnerungen an den Anfang
einer abenteuerlichen Reise in die erotische Welt
von Fetisch und BDSM

1. Kapitel

Der Kanzlei entronnen! Ein freies Wochenende. Keine Akten, die man besser nach Gewicht abrechnen sollte, keine querulatorischen Mandanten und ganz ohne diese silberpappligen Richter, in deren Prozessordnung junge Rechtsanwältinnen schlechterdings nicht vorkamen.

Sie ließ sich ins rote, vom ersten Gehalt erstandene Sofa fallen und drehte den Umschlag unschlüssig in der Hand. Werbung wanderte bei ihr stets unbesehen in den Papierkorb. An sie adressiert, jedoch ohne Absenderangabe? Seufzend griff sie zum Brieföffner.

Ein schneller Schnitt. Hatte sie es nicht vermutet? Die alte Masche, »Herzlichen Glückwunsch, Sie haben gewonnen…«. Wieder einer dieser berühmten, per Bestellschein abzurufenden »bereitliegenden« Gewinne, die niemals ausbezahlt wurden?

Ein »auf Maß gefertigtes Originalkleid der O« wurde ihr versprochen. Sie schmunzelte anerkennend. Anstelle eines angeblichen Millionengewinns, sollte sie zielgruppengerecht mit einem Designerkleid gelockt werden. Das hatte Etwas. In Gedanken ließ sie die Marken aller ihr bekannten Modehäuser Revue passieren. Nein, eine »O« war nicht darunter. Selbstmitleidig sah sie zum Stapel unberührter Frauenmagazine neben dem Fernseher. Sie war offensichtlich nicht mehr auf dem Laufenden.

»Schwarzes Feuer«, ein »Magazin für BDSM & Mehr, erlaubte sich, ihr mit dem Kleid als Gewinnerin zum Storypreis gratulieren zu müssen. Sie als jurygekrönte Nachwuchsautorin? Na prächtig! Selbst ihr Tagebuch hatte bereits begonnen, Spinnweben anzusetzen.

Vage erinnerte sie sich an ein Email, eine Art Eingangsbestätigung, mit der sie freilich nichts hatte anfangen können und die als Spam kurzerhand der ihr stets locker sitzenden Delete-Taste zum Opfer gefallen war.

Ein Blick auf die Uhr. Sie erschrak und schnappte sich die bereits gepackte Tasche mit dem dunkelblauen, sinnlich geschlitzten, langen Kleid und den hochhackigen Tangoschuhen. Sie wollte Stefan nicht warten lassen und ihn schon gar nicht einer anderen überlassen müssen.

Verschwitzt hakte sie sich unter und zog Stefan in Richtung Tresen. Auszeit. Ausgelassen und ein wenig überdreht, forderte sie »Sekt statt Selters«. Sie, die beim Tanzen jeden Alkohol mied. Fast ein Jahr kannten sie sich, und sie hatte in seinen Armen schon viele Nächte zur schluchzenden Melancholie des Tango Agentino durchtanzt.

Innerlich schnalzte sie mit der Zunge. Er gefiel ihr. Sportlich und hoch gewachsen, sehr bestimmt, aber zugleich witzig und charmant, konnten sie gnadenlos miteinander flirten. Aber seltsamerweise ließ er sie nie näher an sich heran. Anfangs vermochte sie es nicht zu fassen. Auch er war Single und sie es zudem nicht gewöhnt, abgewiesen zu werden. Sie konnten miteinander. Es schien einfach alles zu stimmen. Sein Verhalten war ihr ein Rätsel. War er schwul? Vielleicht. Jedenfalls aber war er ein traumhafter Tänzer. Sie stieß mit ihm an, bemüht, ihn zu foppen.

»Ihr Werbemenschen wisst auch, uns dumme Frauen immer wieder zu packen«, zog sie ihn auf, »nach angeblichen Millionengewinnen, auf die kein Mütterchen mehr reinfällt, lockt ihr jetzt mit Designerklamotten das weibliche Ego zu kitzeln!«

Er blickte fragend. Sie berichtete von der Gewinnmitteilung.

»SchwarzesFeuer?«

Sie nickte. »Ja, seltsamer Name eigentlich. Keine Ahnung. Nie gehört. Muss so ein Internetmagazin sein.«

Wurde er plötzlich unruhig? Sollte etwa seine Agentur diese Werbeaktion ausgebrütet haben? Richtig verlegen schien er zu sein. Er, der sonst so Obercoole.

»Heb das Anschreiben mal auf. Ich weiß jemanden, Thomas, der sollte SchwarzesFeuer kennen. Ich frage ihn mal.«

Aha, wird er endlich Farbe bekennen? War dieser Thomas sein heimlicher Geliebter? Zu mehr Auskünften war Stefan jedoch nicht bereit, stellte abrupt sein Glas ab und zog sie, scheinbar ertaubt, zurück in das pulsierende Paargetümmel der Tanzfläche.

Warum war er plötzlich derart verstimmt, fast sauer? Hatte er sich irgendwie verplappert?

Wiegeschritt – unerbittlich wurde sie von seinen Armen in den Sog des übermächtigen Tangorhythmus mitgerissen.

Ausfallschritt – ihre untrügliche, verhörerprobte Warnglocke schrillte, kurz nur, blieb aber unerhört und erstarb wieder beleidigt.

Drehung – Scheiss Werbung.

Ta-ta-ta-lang-lang.

Montagmorgens, der hektische Kanzleialltag hatte sie wieder, da klingelte auch noch das Handy. Fluchend fummelte sie unter den Akten. Stefan. Ach ja, wegen diesem Kleid der O. Aber sie verstand höchstens die Hälfte. Wie? BDSM? SM? Fetisch? Keine Werbeaktion? Keine? Und ihre Gewinnerstory sei im Internet nachzulesen? Ihre?

»Nein, es ist nicht meine!« protestierte sie. Er klang geradezu enttäuscht, musste sich aber sogleich wieder verabschieden, hatte Kunden, irgendein Meeting.

Sie starrte auf das Telefon. Wo und in welchem Film war sie hier?

Nun gut, selber groß, murmelte sie entschlossen.

Der nächste Mandant würde frühestens in einer halben Stunde kommen. Ein Klick und der Rechner war online. Die Eingabemaske der Suchmaschine. Flink glitten die schlanken Finger über die Tastatur. Sie verzog das Gesicht. Das berüchtigte und unter Eingeweihten gefürchtete Stirnfältchen. Eine Sexseite!

»Na, Klasse aber auch«, stöhnte sie genervt auf.

Der Link »Storywettbewerb – die Preissieger!« war nicht zu übersehen. Aber wo war sie hier gelandet? Sie scrollte und klickte. Gefesselte Frauen! Kriechende Männer! Kreuze, Peitschen und Kopfmasken!? Nein, Kuschelsex war das alles nicht. Eine Perversenseite? Aber jedenfalls nicht unästhetisch gemacht. Und schon gar nicht der Mist, den einige ihrer Mandanten gierig suchten, um über Nacht ihr Geld zu verschleudern und sich später bei ihr zerknirscht über Telefonrechnung und gemeine 0190-Dialer auszuweinen, in der Erwartung, Anwältin und Rechtsschutzversicherung würden die Folgen der nächtlichen Dauerorgie schon richten.

Aber, verdammt, wieso ausgerechnet ihr Name als Autorin? Sie lenkte den Mauszeiger auf den Wettbewerbs-Link. Klick.

Die Siegerstory war mit »Bildnis der Lust« betitelt und stammte angeblich von einer Tanja M. Sollte sie nun empört oder erleichtert sein? Wenigstens nicht ihr voller Name. Die Autorenkurzdarstellung jedoch vertiefte ihren Stirnfaltenwurf erheblich. Wer immer sich diesen blöden Scherz erlaubt hatte, er kannte sie, jedenfalls Namen und einige ihrer biografischen Daten. Verärgert wandte sie sich dem eigentlichen Text zu. »Ihrer« Geschichte. Sie knurrte zornig.

Da klopfte es. Der Mandant war da. Hastig unterbrach sie die Internetverbindung. Nun, dann eben später.

2. Kapitel

Endlich wieder Feierabend und wieder lockte das rote Sofa. Nein, sie widerstand. Heute nicht, nicht gleich. Den ganzen Tag hatte sie keine Zeit gefunden, die Recherche um diesen angeblichen Gewinn fortzusetzen.

Sie schaltete den Rechner ein. Ihr Spiegelbild im noch lichttoten Monitor schien ihr mit skurrilem Witz »Celebration!« zuzuraunen. Ihr, der Siegerin. Warum eigentlich nicht? Sie liebte Rituale.

Zwar gab es nichts, um hellauf erfreut heraus zu jubeln, aber sie war nicht nur erbost, sondern auch neugierig. Ein Hauch von Nervenkitzel. Mit diesem kribbligen Gefühl ließ sich spielen und außerdem musste der Champagner erst durchkühlen. Wenn schon, denn schon.

Trotzig stellte sie die kleine Flasche eines dankbaren Mandanten ins Eisfach, schälte sich aus ihrem figurbetonten und unverschämt teuren, grauen Kostüm und begab sich ins Bad.

Das Wasser prasselte heiß und wohltuend auf sie nieder und schnell waren Stress und Ärger fortgeschwemmt. Belustigt verfolgte sie den Weg, den sich das mattweiße Seifenwasser zwischen ihren Brüsten suchte, beobachtete den neckischen kleinen Strömungswirbel, der auf ihrem Bauch entstand, um schließlich an den Innenseiten ihrer Schenkel als Wasserfall auf den gefliesten Boden zu rauschen.

»Bauchnabel-Rappid«, murmelte sie versonnen.

Schon stürzten sich ihre Finger in die Fluten, um dort verwegen eine lustvolle Rafttour zu unternehmen, da riss sie sich zusammen. Jetzt war nicht sinnliches Vergnügen, sondern die etwas aufgezwungene Siegerehrung angesagt.

Wie viele Besucher diese Seite wohl hatte? Gab es da überhaupt Frauen? Sie schaute grimmig. Ihre Kampfpose. Notfalls konnte sie gleich morgen früh eine strafbewehrte Unterlassungserklärung herunterdiktieren. Deren Gegenstandswert würde sich gewaschen haben.

Sie rubbelte durch das kurze Haar, hüllte sich in den Bademantel, wappnete sich mit den übergroßen Schlappen und begab sich mit dem Sektkelch bewaffnet, wieder zum Rechner. Sie schielte zur Hifi-Anlage. We are the Champions? Nein, das war dann doch übertrieben.

Mit wenigen Klicks war sie am Ziel. Na also. Mit geübtem Blick überflog sie den Text. Es war die Geschichte eines Bildes, genauer, eines Ölgemäldes. Entstanden im Rahmen einer »Session«, nach ihrem Gefühl wohl eher eine wüste Orgie.

Nicht, dass sie wirklich schockiert gewesen wäre. Klar wusste sie, was Lack, Leder und auch SM ist. Ihr als Anwältin waren die menschlichen Abgründe nicht unbekannt. Soweit alles kein Problem.

Mit – wie hieß er? – hatte sie es sogar einmal mit Fesselspielen versucht. Sozusagen auf Anraten und mit freundlicher Empfehlung ihrer Frauenzeitschrift. Nun, es war gründlich schiefgegangen. Sie hatte die Idee zwar reizvoll gefunden und voller Vorfreude für die Zutaten gesorgt. Aber dann hatte sich der Kerl derart unbeholfen angestellt, dass sie nicht anders konnte und in helles Lachen ausgebrochen war. Das war es dann gewesen. Ausgeträumt und längst Geschichte.

Und jetzt diese Geschichte. Ihre Augen wanderten zurück auf den Bildschirm. Zumindest war der Schreibstil nicht total platt und das Machwerk schien insgesamt ganz spannend zu sein. Wer auch immer, der Autor turnte jedenfalls nicht mehr auf den Bäumen herum.

Den Handlungsrahmen bildete ein Fetischball und die Schilderung zog sie ganz allmählich in ihren Bann. Sie las langsamer, klebte schließlich an den Worten:

»... trotz der zahlreichen Fackeln und Kerzenleuchter war der Gewölbekeller nur unvollkommen ausgeleuchtet. In kleinen Gruppen, standen mehrere Personen am Rande des großen Raumes. Es herrschte gespannte Stille. Lediglich geflüsterte Worte waren zu hören. Dann setzte die Musik ein. Leise nur. Gregorianische Gesänge.

Eine im Dämmerlicht zuvor kaum wahrnehmbare Tür schwang auf. Herein trat ein Mann, ganz in schwarzes Leder gewandet. Am Arm führte er eine Person, die trotz weitem, rotsamtenem Cape und Kapuze unschwer als Frau zu erkennen war. Beide schritten in den Raum, in dessen Mitte sich ein geschweißter Stahlrahmen befand. Dort wartete bereits eine weitere Frau, lediglich mit einem knappen Lendenschurz und einem Halsband bekleidet. Beides aus hellem, weichem Leder. Gleichmäßig und warm schimmerte die Haut ihrer Beine und ihres bloßen Oberkörpers. Die kleinen Brüste schaukelten.

Die Hinzugekommene stellte sich in den Rahmen, streifte dann die Kapuze zurück. Eine Augenbinde wurde sichtbar. Langsam hob sie die Arme empor. Stählerne Armreifen blitzten an den Handgelenken auf. Das Cape aus dem schweren, roten Samtstoff begann herabzugleiten und floss über ihren Köper zu Boden. Ihr einzigstes Kleidungsstück. Lediglich an den Fußknöcheln waren gleichfalls silberne Metallreifen befestigt. Auf dem Metall und in ihrem halblangen, blonden Haar tanzten Lichtreflexe. Das weiche Licht der Kerzen umspielte Po und Rücken und ließ feine Härchen aufschimmern. Bauch und Brüste hoben und senkten sich. Ihr Atem wurde erregter. Die lustvolle Erwartung war greifbar.

Der Begleiter, sowie die bereits anfangs wartende, deutlich jüngere Frau traten heran. Ein kurzes metallisches Klicken. Dann war sie mit weit gestreckten Armen und gespreizten Beinen im Rahmen fixiert. Die junge Frau nahm sie von hinten in die Arme, streichelte sie. Währenddessen befestigte er etwas, was wie ein Knebel aussah, hielt dann ihren Kopf lange in seinen Händen, sehr zärtlich. Leises Flüstern.

Er bückte sich erneut, tauchte etwas in einen kleinen Krug und steckte es vorne auf den Knebel. Ein in rote Farbe getauchter Pinsel! Ein letztes Mal glitten seine Hände an der Seite ihres nackten Körpers herab. Er küsste ihren Hals, trat dann hinter sie und hatte urplötzlich eine Reitgerte in der Hand. Die junge Frau kam mit einer straff bespannten Leinwand und hielt diese der absonderlich Geknebelten vor das Gesicht.

Die Musik schwoll an, wurde lauter, dann traf die Gerte ein erstes mal die Pobacke. Erst leicht, dann heftiger, immer wieder. Der Knebel dämpfte jeglichen Schrei. Lediglich ein Schluchzen entrang sich der Kehle, stieg gemeinsam mit dem bissigen Geräusch der Hiebe an die widerhallende Gewölbedecke. Mit jedem weiteren Hieb zuckte der Kopf der gestreckten Frau vor der Leinwand, tränkte und färbte das bereitwillige Gewebe mit schmerzhafter Erregung. Pinselstrich für Pinselstrich. Neue Farbe. Verschiedene Farben. Dann, ein nicht enden wollendes, ersticktes, wildes Keuchen. Die Bauchdecke der Gequälten hob und senkte sich, pumpte. Nur von ihren Fesseln gehalten, sackte sie schweißglänzend zusammen. Sofort traten ihre Begleiter hinzu.

Das Bild war geboren!«

Tanja erschrak über ihr eigenes tiefes Stöhnen. Was machte sie denn? Fast unbewusst war ihre Hand unter den Bademantel geglitten und tanzte in der Feuchtigkeit. Sie schnappte nach Luft, rang nach Fassung. Dies war ihre Geschichte! Ihre?

Den Rest überflog sie zunächst nur. Das Bild strahlte eine besondere erotische Aura aus. Latent, aber ohne Chance für alle in seinem Einflussbereich. Sie kicherte. Wäre doch was, in ihrem Büro, gegenüber dem Schreibtisch?

Sie schüttelte den Kopf, versuchte klar zu werden. Moment mal. Auch wenn die Geschichte sicherlich einen Reiz hatte. Warum trug sie ihren Namen? Wer oder was steckte dahinter? Was sollte das?

In Gedanken ging sie die Reihe der möglichen Verdächtigen durch. Jemand aus ihrem Umfeld, soviel war klar. Einer ihrer Exliebhaber etwa? Ein Arbeitskollege oder jemand aus dem sonstigen Freundeskreis? Zudem, erinnerte sie sich, war kürzlich Wäsche aus dem Trockenkeller verschwunden. Ausgerechnet ihre Lieblingshöschen. Sie fügte in Gedanken die Hausbewohner als Verdächtige ihrer Liste hinzu.

Und Stefan mit seinem komischen Freund Thomas? Der hatte sich nicht mehr gemeldet. Zu spät, um noch anzurufen.

Vielleicht ergab sich ein Hinweis direkt auf »Schwarzes Feuer«? Trotz ihrer Müdigkeit setzte sie sich wieder hinter den Rechner, um die Internetseiten genauer in Augenschein zu nehmen:

Texte, Bilder, Kontaktanzeigen, ein geheimnisvoller Adultbereich. Pervers als unerschöpfliches Thema und offenbar bei weitem nicht auf Männer und Dominastudios beschränkt.

Zugegeben, auch sie hatte ihre gelegentlichen Fantasien. Zumeist geheimnisvolle Zeremonien und Opferrituale. Eine ihrer Lieblingsszenen spielte irgendwo im tiefsten Urwald Amazoniens und gipfelte regelmäßig darin, dass sie sich nackt auf einem großen altarähnlichen Stein wiederfand, die Hand- und Fußgelenke mit groben Baststricken gefesselt. Vor der Kulisse des nebligen, feuchtwarmen Dschungels und antiker Tempelruinen waren schemenhaft Priesterinnen und stattliche Krieger zu erkennen, die je nach Laune entweder nur mit farbigen, transparenten Gewändern bekleidet waren oder gar nur mystische Bemalungen und große Masken aus weißem Ton trugen. Manchmal meinte sie sogar, die Mischung aus dem betörenden Duft der vielen Blüten und den fremden Körpern riechen zu können, spürte die dumpfen Schläge der Trommeln, wenn dann die Fruchtbarkeitstänze begannen.

Sie grinste über sich selbst.

Nicht, dass sie sich dieser Träume schämte oder gar meinte, nun auf der Couch eines väterlich dreinblickenden Analytikers nach unvollkommenen, frühkindlichen Abnabelungsprozessen stochern zu müssen. Nein. Sie war erfolgreich und selbstbewusst, hatte keinerlei Problem mit sich, und wehe einem jeden, der ihr blöd daher kam. Aber diese Dinge waren etwas, na ja, ganz Persönliches und Intimes, die ins innere, ganz eigene Schatzkästlein gehörten...

Sie klickte auf Forum.

Eine opulente Menükarte an Unterthemen erschien. Anfänger, Rat und Tat, Praktiken und vieles mehr. Zahlreiche Beiträge auch von Frauen. Allerdings versuchten hier wohl alle, diese Form der Erotik auch auszuleben. Taten es. Nicht immer ganz einfach, wie sie nachlesen konnte.

Vor den Ebenen der qualvollen Lust hatten die Liebesgötter der Finsternis zahlreiche quälende Gebirge der weniger lustvollen Art aufgetürmt. Von Unsicherheiten und Selbstzweifeln war die Rede. Angst, diese Form der Lust zu Outen. Einer der Beiträge trug den Titel, »Hilfe, ich liebe eine Vanilla« – Bezeichnung für die Anhänger von Kuschel- und Gänseblümchensex, konnte sie lesen. Andere Beiträge waren völlig suspekt. »24/7«? Diskutierten die Ladenöffnungszeiten? Sie klickte auf Partyberichte und war sprachlos.

Solche Treffen und Veranstaltungen, wie in der Geschichte geschildert, gab es also tatsächlich. War das erlaubt? Durfte man das?

Sie las genauer und war wie elektrisiert. Da schilderte ein Bösewicht namens FinsterFürst doch tatsächlich in knappen Worten diese Bildersession. Eine Spur?

Der Bericht war erst jüngst verfasst worden. Der wahre Autor der Siegerstory konnte ihn also vorher nicht gelesen, sondern musste diese Party ebenfalls besucht haben.

Ihre Augen blitzten. Sie war auf der richtigen Fährte.

Und dieser Finsterkerl, was war das für einer? Sie klickte auf Profil. Ihre Stadt! Der lief hier auf der Straße rum! Sie listete sämtliche seiner Beiträge auf und wurde von deren Anzahl fast erschlagen. Schien ein regelmäßiger Partygänger und zudem ein kleiner Schlaumeier und Besserwisser zu sein, stellte sie grinsend fest. Entschlossen und zielstrebig arbeitete sie sich durch einige der Beiträge. Da ließ sich fast ein Psychogramm erstellen. Der FinsterFürst schien jedoch niemand zu sein, den sie kannte. War er der Autor? Aber warum ihr Name?

Im Profil fand sich seine Mailadresse. Sollte sie wirklich? Wie sprach sie so jemanden überhaupt an? Mit Durchlaucht oder »Hi, Fürst«? Wenn der nun einen Knall oder die Geschichte doch nicht verfasst hatte?

Sie aber wollte es wissen, fasste sich ein Herz und rief das Mailprogramm auf. Aus ihrer Zeit als Rechtsreferendarin und ihren damaligen Chatversuchen stammte »Paragrafe«, ein anonymer Nickname nebst Mailadresse. Klang doch fast stilecht. Also tippte sie los:

»Hallo FinsterFürst«. Kurz wies sie auf die Parallelen zwischen der Siegerstory und seinem Partybericht hin und schloss mit der scheinbar arglosen Frage, ob es solche Sessions öfter geben oder die Geschichte auch von ihm stammen würde.

Völlig übermüdet warf sie dann alle Logik über Bord und ein unsinniger Verdacht kam ihr. Sollte etwa Stefan, warum auch immer, der Autor gewesen sein? Was für ein absurder Gedanke. Sie lächelte… Obwohl?

Kurz stellte sie sich vor, wie er sich wohl in den abgebildeten Fetischklamotten machen würde. Glänzendes, enganliegendes Schwarz, darunter seine sich deutlich abzeichnende muskulöse Figur? Oder, wenn er gar, eine Peitsche in der Hand, mit einem süßen, aber gemeinen Lächeln vor ihr stehen und…?

Sie riss sich zusammen. Meine Güte, auf was lass ich mich hier nur ein, schalt sie sich. Bereits der Sprachstil passte nicht. Todmüde trollte sie sich ins Bett.

Als sie kurz darauf einschlief, tanzten schwarze Gestalten vor ihren

Augen einen seltsamen Reigen und sie meinte, leise Schreie hören zu können.

Der Nebel lichtete sich. Nur die Dunkelheit vor den Augen blieb. Sie lag auf dem Rücken, unfähig, sich zu bewegen und ihr Körper schmerzte. Der Untergrund war hart und rau. Hand- und Fußgelenke brannten, als wären sie wund gescheuert.

Mühsam sortierte sie das Dröhnen in ihrem Kopf. Dumpf und monoton, wie Trommeln – wie lange schon? – außerdem Stimmen und Gesänge. Sie mussten aus Hunderten von Kehlen stammen.

Fetzen der Erinnerung stiegen in ihr auf. Ihre Flucht. Der dornige Urwald. Die Gestalten, die sie plötzlich umringten. Ihr verzweifeltes Ankämpfen gegen die Übermacht. Plötzliche Schwärze. Die schemenhaften jungen Frauen, die Striemen und Kratzer als Spuren ihrer Flucht zärtlich versorgt und ihr diesen bitteren Trank gegeben hatten. Erneute Schwärze.

Ein warmer Windhauch strich über ihren Körper, gab ihr ihre völlige Nacktheit zu spüren. Ungehindert griff er ihr zwischen die Beine, fuhr über Bauch, Brüste und durch die Achseln, strich über Kopf und die nach hinten gestreckten Arme. Gefesselte Gelenke! Sie bäumte sich auf, versuchte verzweifelt, sich loszureißen und ahnte bereits die Vergeblichkeit. Lediglich Schmerz durchzuckte ihren Köper.

Es gelang ihr, die Augen zu öffnen. Über ihr der Nachthimmel. Wolken, einige Sterne. Ein lauter, langgezogener Schrei ließ sie zusammenzucken.

Mühsam hob sie den Kopf. Aus der hin- und herschwingenden Masse unheimlicher Gestalten löste sich ein Krieger und tanzte mit wilden Bewegungen direkt auf sie zu. Sein weißbemalter, muskulöser Körper glänzte fahl vor Öl und Schweiß im Licht der Feuerpfannen. Sein Schwanz war hochaufgerichtet. Schon war er über ihr. Mit einem Ruck riss er sich die Tonfratze vom Kopf – Stefan!

Sie schrie. Ihre Schenkel klebten. Sie war triefendnass und – erwachte.

3. Kapitel

Fast eine Woche war vergangen.

Stefan hatte früher keine Zeit gefunden, und sie, ehrlich gesagt, auch nicht. Jetzt endlich saßen sie vor der Cocktailbar in der Sonne, und er lauschte der Zusammenfassung ihrer bisherigen Ermittlungen. Zuvor hatte sie ihn jedoch ins Verhör genommen. Von ihm sei die Geschichte nicht, hatte er beteuert. Sie glaubte ihm, aber das Gefühl, dass er ihr etwas verschwieg, blieb.

Dieser FinsterFürst hatte ihr bereits am Folgetag geantwortet und bedauert, die Siegergeschichte nicht selbst verfasst zu haben. Zudem würde ihm das Kleid der O, bei Maßanfertigung, vielleicht zwar passen, aber garantiert nicht stehen; hoffentlich aber der Autorin, einer Tanja M. Deren Story habe er mit Vergnügen gelesen und freue sich schon auf die nächste Party im Underground-Club. Dort sei eine ganz ähnliche Performance angekündigt. Auch die zugehörige Internetadresse hatte er ihr zugeschickt.

Sie selbst hatte noch öfters auf den Internetseiten »Schwarzes Feuer« herumgestöbert und fühlte sich inzwischen fast als Expertin für BDSM-Theorie. Sie wusste nun, dass es sich bei BD nicht nur um zwei Tarnbuchstaben vor SM handelte, sondern dieses Kürzel für Bondage und Discipline, Domination und Submission, Sadism und Masochism stand, zu deutsch also etwa Fesselung und Erziehung, Beherrschung und Unterwerfung, Sadismus und Masochismus.

Lediglich, als sie die Abbildung des Kleides der O gesehen hatte, war ihr fast die Luft weggeblieben. Das schicke, barocke Kleid ließ die Brüste völlig unbedeckt und wies auch sonst einige Besonderheiten auf. Für einen Besuch der Oper und auf Familienfeiern war es definitiv ungeeignet.

Sie stellte den Mojito auf den Tisch, machte ein betont detektivisches Gesicht und versuchte Stefan für ihren nächsten Schritt zu gewinnen – den Besuch dieser Fetischparty im Underground-Club. Keine leichte Aufgabe, wie sie schnell feststellen musste. Er gab sich zurückhaltend, fand die Idee einfach unsinnig, sie wisse nicht, auf was sie sich damit möglicherweise einlasse. Vielleicht habe der Autor dieses sogar bezweckt, und das Ganze sei eine Falle.

»Ha!«, mit dem Gesülze war er bei ihr an die Falsche geraten.

Sie hatte sich informiert, konnte ihm, gespielt-verächtlich, ein »typisch Vanilla, den Kopf voller Vorurteile«, an seinen selbigen werfen. Die einzige ernstzunehmende Hürde, wusste sie, sei dieser Dresscode und gerade zur Sicherheit, sei sie auf ihn als Begleiter angewiesen. Er solle sie covern und zugleich ihr Dr. Watson sein. Außerdem gebe es Verhaltensregeln, alles sei SSC und geschehe wenn, dann einvernehmlich, mit gesundem Menschenverstand und sicher. Sie habe sie beide auch schon per Email angemeldet und die Rückbestätigung erhalten. Basta!

Nie hätte sie offen zugegeben, dass die detektivische Nachforschung fast zur Nebensache geraten war und als Alibi und zur Legitimation herhalten musste. Es war ihre brennende Neugierde. Ein verwirrender Reiz. Stefan, der Traum, und dann so vieles, was sie zuletzt gelesen und gesehen hatte. Sie konnte es nicht genau benennen und wollte es lieber auch gar nicht.

Als er fieslächelnd fragte, ob sie das Kleid der O tragen werde, um den Dresscode zu Toppen, war sie drauf und dran, ihm, ohne Rücksicht auf die vorbeschworenen SSC-Grundsätze, die Augen auszukratzen. Aber es war lediglich sein letzter Abwehrversuch. Er schwenkte die weiße Fahne und willigte ein. Na also. So ganz wohl schien es ihm dabei immer noch nicht zu sein. Geschah ihm recht. Sie achtete nicht weiter darauf.

Dann kam er, der große Tag.

Vor dem Kleiderschrank überlegte sie, was einer angehenden Undercoveragentin angemessen wäre, um dem Dresscode zu entsprechen und vom Türsteher eingelassen zu werden.

Natürlich hatte sie das Kleid der O bislang nicht anfertigen lassen oder sonst auf die Gewinnmitteilung reagiert. Sie dachte gar nicht daran, ihren Busen, für jedermann sichtbar, frei vor sich herzutragen. Es war etwas anderes, am Baggersee nackt in der Sonne zu liegen. War nicht bereits die Frage – anziehen – falsch gestellt? Ging es nicht eher ums Ausziehen?

Instinktiv war sie versucht, in das Fach mit den dicken Wollpullovern zu greifen. Ich nehme auch freiwillig den Schwarzen, spöttelte sie, und bemerkte, dass sie kurz vor einer ausgewachsenen Panikattacke stand.

Was hatte sie sich da nur eingebrockt? Wenn sie nun von jemandem erkannt wurde? Sie sah sich schon erröten und etwas von »Kleid der O... Geheimnis lüften...« stammeln. Wie peinlich!

In diesem Moment klingelte es an der Tür. Stefan! Das Zimmerlicht brannte, keine Chance, sich unsichtbar zu machen. Sie griff mit beiden Armen in den Kleiderschrank, schmiss den Haufen auf das Bett und begrüßte ihn mit den Worten, nicht zu wissen, was sie von ihrer angeblichen Vorauswahl anziehen könne. Wenigstens würde das ihren verstörten Gesichtsausdruck erklären, hoffte sie. Zugleich beschloss sie innerlich, ihn beim ersten Anzeichen auf einen O-Kleiderwitz gnadenlos zu töten.

Vielleicht ahnte Stefan die Gefahr, in der er schwebte. Jedenfalls unterließ er jegliche Anspielungen und meinte nur lächelnd, da sein BMW leider keinen eingebauten Kleiderschrank habe, wäre jetzt wohl eine Modenschau angesagt. Er selbst war in seiner Alltagsuniform erschienen, einem anthrazitfarbenen, lässigen Anzug mit dunklem Hemd. Auf ihre Nachfrage erklärte er, sich erst vor Ort umziehen zu wollen und lächelte geheimnisvoll.

Paschagleich ließ er sich in ihr heiliges Sofa fallen. Gehorsam spielte sie mit, schritt und präsentierte, Kinn und Brust gereckt, ihre Kollektion. Ungeeignet, zu bieder? Er gab sich gnadenlos. Übrig blieben einzig ihre Lackhose, ein knappes Top, ein viel zu kurzer Minirock, ein viel zu transparentes Oberteil und ein elastisches, enges, schwarzes Kleidchen, dass beide Nachteile unbarmherzig kombinierte. Sie hatte es in einem Anflug von sexuellem Frust und Kaufwahn erstanden und bislang nie, schon gar nicht öffentlich, getragen.

»Könnte gehen«, murmelte er sichtlich zufrieden, »du musst ja nichts darunter anziehen.«

War er natursadistisch veranlagt? Wollte er sie fast nackt vor allen Gästen zur Schau stellen? Er beruhigte sie gleich wieder, sie müsse sich wohlfühlen, ausziehen ginge immer noch und verfolgte dann mit deutlichem Interesse ihre Wäscheauswahl. Die Schuhfrage war einfach. Highheels natürlich. Sie stand auf Schuhe. Sie mussten los, es war spät geworden.

Der Underground-Club befand sich namensgerecht in einer ehemaligen unterirdischen Bunkeranlage und war nach einer halben Stunde erreicht.

Auf dem Parkplatz standen bereits zahlreiche Fahrzeuge. Vor ihnen führte eine Frau in einem roten Latexkleid ihren Sklaven an einer Halskette zum Eingang. Tanja schluckte bei dem Anblick, grüsste zurück und wünschte mutig einen »Schönen Abend«. Jetzt galt es.

Stefan benahm sich ganz cool, legte einen Arm um sie und meinte, »Keine Angst. Genieß die Nacht.« Er witzelte mit dem Türsteher, genoss sichtlich die Blicke, die er ihr zuwarf und verschwand, wieder frech grinsend, um sich umzuziehen, mit den lästerlichen Worten, »kann ich dich hier kurz warten lassen, ohne dich anketten zu müssen?« Sie funkelte trotzig zurück.

Im Eingangsbereich waren Bilder und Gemälde ausgestellt. Überwiegend abstrakt, konnte sie bei einigen, den größeren, aber zumindest vage Körperumrisse erahnen. Ein Gemälde hatte es ihr besonders angetan. Kräftig aufgetragene Ölfarbe. Rot und Gelb dominierten. Feuerfarben. Verstohlen sah sie sich um, niemand schien sie zu beobachten. Mit den Fingern ertastete und folgte sie den Pinselstrichen und fühlte eine seltsame Erregung in sich aufsteigen.

Stefan blieb verschwunden und sie dachte nicht daran, länger still und brav zu warten. Mehrere weitere Gäste, teilweise in absonderlichen Outfits, waren nach ihnen gekommen und hatten sie locker und freundlich kurz gegrüßt. So schlimm konnten die also gar nicht sein und ihre anfängliche Nervosität verlor sich mit sinkender Halbwertszeit. Stattdessen tobten ganz andere Gefühle in ihrem Inneren. Und die Erkenntnis, dass dies hier echt war, kein Traum! In den nächsten Tagen würde sie einiges zu sortieren haben.

Sie folgte dem Gang, hinein in die weiträumige Anlage. Links und rechts mündeten zahlreiche Räume. Soweit deren Vorhänge geöffnet waren, erkannte sie im schwachen Licht Kreuze und Böcke, einen Käfig. Manche Vorrichtungen und ihr möglicher Gebrauch waren ihr gänzlich unbekannt und sie versuchte, ihre Fantasie zu zügeln.

Durch einen geschlossenen Vorhang drang ein Knall, dann ein langes Stöhnen. Sie merkte, wie ihr das Blut in den Kopf schoss und ging schnell weiter.

In einem anderen Raum hatten die Spielenden den Vorhang wohl bewusst offengelassen. Neugier und Scham rangen kurz miteinander, dann getraute sie sich hineinzuschauen. Zwei Frauen, die eine bäuchlings an einem Kreuz festgeschnallt. Die andere hieb ihr mit einer vielgliedrigen Lederpeitsche auf Po und Oberschenkel, unterbrach dann und ließ ihre Hand liebevoll über die geröteten Stellen, den Rücken und schließlich zwischen die Schenkel der gequälten Gespielin gleiten. Deren Stöhnen klang entschieden lustvoll und erzeugte bei ihrer Gefährtin ein feines Lächeln. Tanja selbst reagierte mit Gänsehaut und zugleich Erleichterung darüber, dass auch die heftigeren Spiele anscheinend von Zuneigung und letztlich Zärtlichkeit getragen wurden.

Sie riss sich los, folgte dem Gang und der lauter werdenden Musik und betrat eine Art Halle, den Spiegelsaal, mit zahlreichen, an den grauen Betonwänden aufgestellten Spiegeln, die das Funkeln der antiken Kristaleuchter an der Decke vielfach reflektierten.

Einen sicheren Hafen suchend, blieb sie zunächst an der langen Theke stehen, reckte, neugierig, fast begierig, den Kopf und betrachtete mit Spannung das Geschehen. Zahlreiche Gäste tanzten, mehr oder weniger bekleidet. Und – es sah teuflisch gut aus.

Auf einer kleinen Empore befand sich ein Pranger, darin mit Kopf und Händen ein junger Mann, nackt. Im Grunde sah sie von ihm nur Beine, Arsch und den gebeugten Rücken. Neben ihm stand eine gleichfalls junge Frau in enger Lederhose mit bloßem Oberkörper und Ledermütze, die ihm mit ihren Fingernägeln über den Rücken fuhr. Mit der anderen Hand umschloss und zog sie seine Eier. Seiner Reaktion nach wusste er es zu würdigen. Die Erektion zwischen seinen Beinen war gewaltig.

Völlig in diesen Anblick versunken, schreckte sie auf, als sich plötzlich zwei kräftige Arme um sie legten. »Und? Alles in Ordnung?«

Es war Stefan, der eng hinter ihr stand. Sie nickte und vermied es, sich umzudrehen, bemüht, ihm ihre Erregung zu verbergen. Auch ihre verräterischen Blicke behielt sie im Raum, suchte und fand jedoch einen passend aufgestellten Spiegel und traute ihren Augen nicht. Nur ihre Brustwarzen zogen sich in einem Anfall lustvoller Frühreaktion geradezu schmerzhaft zusammen.

Der Traumtänzer hatte sein Outfit komplett gewechselt und trug nun eine weite, lange Hose mit Schnürbund, schwere Boots und als Oberteil eine Art kurze Lederweste, mit vorne querverlaufenden Riemen. Am rechten Arm, eine breite, nietenbesetzte Stulpe. Alles in Schwarz. Er sah hinreißend aus und auch mit Kajalstift hatte er nicht gegeizt.

Alles saß und passte. Zu gut, um nur ein schlichter Zufall zu sein. Wollte er länger leugnen, womöglich einen Kostümverleih vortäuschen?

Die kleine Zornesfalte auf ihrer Stirn erwachte zum Leben und begab sich vorsorglich in Startbereitschaft.

Aber er dachte gar nicht daran, ihr weiterhin etwas vorzumachen. Zärtlich küsste er sie hinters Ohr. Durch den dünnen Stoff drängte seine Erektion überdeutlich an ihre Pobacken und ihre Vermutung wurde zur Gewissheit: der Traumtänzer war weder Unschuldslamm noch schwul!

Er begann ihren Hals von hinten zu beknabbern und setzte dann zum erwarteten Geständnis an, »Du, die Geschichte habe ich zwar nicht geschrieben, aber etwas muss ich dir doch beichten...«

»Pssst«, unterbrach sie ihn. Sie beschloss, gnädig mit ihm zu sein und dem triebhaften, aber überdeutlichen Votum ihrer Brustwarzen zu folgen. Sie erteilte der Zornesfalte Auftrittsverbot und ihm die Absolution.

Tanja schnappte sich seine Hand, führte sie unter ihr Kleid, ließ dort das gemeinsame Händetandem in den nassen Slip schlüpfen und tränkte seine Fingerspitzen im glitschigen Saft. Erst jetzt drehte sie sich um, schaute ihm funkelnd tief in die Augen und verschloss die Lippen seines Mundes mit seinen eigenen, klebrigen Fingern.

»Genügt dir dies als Antwort? Alles klar?« grinste sie.

Jetzt war es an ihm, fassungslos zu sein und sie genoss mit Genugtuung seine vor Verblüffung und schierem Verlangen geweiteten Augen. In diesem Moment hätte sich ein zwischen sie gehaltenes Streichholz sofort von selbst entzündet. Bevor sie jedoch übereinander herfallen oder Stefan wenigstens nach Luft hätte schnappen können, wurden sie unterbrochen.

»Hallo Stefan, immer noch wütend auf mich?«

Hochgewachsen, die grauen Haare sorgfältig nach hinten zu einem Pferdeschwanz gebunden, blitzte dem Sprecher der Schalk durch die Brillengläser.

»Ich bin Thomas, Autor und Gelegenheitsperformer mit einem Hang zu ungewöhnlichen Maßnahmen, und du musst Tanja sein.« Der Fremde verbeugte sich leicht und musterte sie neugierig.

»Das Kleid der O wird dir stehen. Ansonsten war Stefans Gejammer, sein Herz an eine Vanilla verloren zu haben, schlicht nicht mehr auszuhalten. Wie hätte ich ahnen können, dass die Geschichte gewinnen würde? Eigentlich sollte dich bereits die Eingangsbestätigung verwundern und auf das Thema schubsen. Hat dir die Geschichte denn wenigstens ebenso gut gefallen, wie vorhin beim Eingang das Gemälde, dem Hauptdarsteller der Siegerstory?«

Alles eine dreiste Verkupplung!

Seine Partnerin gesellte sich, ein Tablett mit vier Sektgläsern in der Hand, zu ihnen.

»Versöhnung«, bot sie amüsiert und alles andere als schuldbewusst an.

Tanja war nicht wirklich böse und die beiden ihr sympathisch. Sehr sogar. Sie mussten über eine ganze Sammlung derartiger Kunstwerke verfügen. Für diese Nacht hatte Thomas den Einsatz farbgetränkter Peitschen geplant, um das Ergebnis als Körperabdruck auf einer großflächigen Leinwand festzuhalten.

Nachdem sie einige Zeit miteinander geplauscht hatten, wechselte Thomas einen kurzen Blick mit seiner Partnerin, murmelte etwas von entgangenem Gewinn und Ghostwriterhonoraren und schaute Tanja dann aufmerksam und irgendwie provozierend an:

»Na Tanja, wie steht es? Magst du uns beiden heute abend assistieren? Trau dich.«

Sie sah zu Stefan, fragend, aber unverhohlen Lust signalisierend. Ein kurzes Zögern, dann lächelte und nickte er. Die abenteuerliche Reise, sie hatte begonnen.

Maximilian, 37/186/107, devot

Dark Graf

»Voll«, grunzte er, ohne den Kopf zu heben und auch sonst ohne Regung. Die geröteten Augen verharrten auf der schmierigen Tischplatte, stierten weiterhin auf die trübe Oberfläche der Bierpfütze, die sich dort angesammelt hatte und von dort ins Leere. Lediglich ein dünnes Rinnsal aus Gesöff und Speichel drängte sich aus einem der Mundwinkel, vermochte diesem tatsächlich auch zu entkommen, um sich träge und trotzig eine Bahn über das stopplige, speckige Kinn zu suchen.

Mit sichtlichem Unbehagen füllte der Wirt Bierkrug und Schnapsglas auf. Mit Max spaßte keiner. Er war der Grobian, der Unhold, das Monstrum. Selbst den ganz harten Kerlen, und von denen gab es hier viele, war er nicht geheuer.

Tagsüber die Arbeit im Schlachthof, abends dann die »Funzel«, die Eckkneipe gleich gegenüber. Eine miese, finstere Spelunke, schmierig und verqualmt. Dies war die Welt von Max.

»Voll!« brüllte er erneut und knallte die auf ex geleerten Gläser mit Nachdruck auf das Holz der Theke.

Andere hätten längst kapituliert. Jeder hätte das. Max auch. Sein übliches Quantum war weit überschritten. Aber heute galt das nicht. Nichts galt.

Er versuchte zu begreifen. Für die Alarmsirene seines alkoholgequälten Körpers blieb daneben kein Raum, hatte er keinen Kopf.

Hilflos brütete er vor sich hin, scheiterte daran, das Geschehene zu verstehen. Er suchte keine wirkliche Erklärung. Seine Welt kam ohne schlaue Worte und oberkluge Theorien aus. Er brauchte keine smarte Psychologin, die mit ihm frühkindliche Abnabelungsprozesse auf einer schicken Designercouch analysierte.

Max sortierte einfach. Es gab gute und schlechte Dinge.

Gute waren selten, aber es gab sie, und sie waren schön. Schlechte machten ihn wütend, und er hatte mühsam gelernt, ihnen, wenn er konnte, aus dem Weg zu gehen. Das System funktionierte. Immer. Fast immer, jedenfalls. Wenn nicht, machte ihn das kirre. So wie heute. Dann betäubte die Sauferei und verschaffte Zeit. Ganz einfach.

Ein Schweißtropfen löste sich vor innerer Anstrengung vom kahlen Schädel, verschwand in den Wülsten seines Stiernackens. Schwerstarbeit für das vor Nässe längst dunkel verfärbte T-Shirt.

»Voll«, schnaufte er erneut.

»Hör mal Max…«, versuchte der Wirt einzuwenden.

»Voll!!«.

Der Wirt zögerte nicht länger und schenkte nach. Man spaßte eben nicht mit Max. Die anderen Gäste hatten sich längst aus seiner Nähe ins Halbdunkel der Ecken verzogen. Ihm nur nicht in die Quere geraten. Heute schon gar nicht. Warum auch immer.

Er war gefürchtet. Und er war ihnen unheimlich.

Dabei war er der Beste, keine Frage, wenn er breitbeinig mit der Kettensäge die Schweinehälften teilte. Lachte, wenn ihm Blut auf den Schädel spritzte. Vielleicht entsprangen einige der Geschichten, die sich um ihn rankten, nur einer finsteren Fabelwelt. Konnte sein. Aber die gebrochene Nase des vorwitzigen Aushilfsstudenten, der unvorsichtige, plötzlich am Fleischerhaken hängende Italiener, die mit einem Wurfhagel aus Schweinsaugen vertriebene Volontärin der Geschäftsleitung?

Hinter vorgehaltenen Händen und nur vorsichtig flüsternd, munkelte man noch weit Schlimmeres.

»Diese verdammte alte Hexe!«, brach es urplötzlich aus ihm heraus. Mit einem gemeinen Klirren zersplitterten die beiden Gläser unter dem Druck seiner Pranken.

Die noch Anwesenden schrecken auf, duckten die Köpfe und rückten, soweit überhaupt möglich, noch weiter ins Halbdunkel. Ihre Gespräche verstummten in der vagen Ahnung der mächtigen, gewaltigen Elemente, die in seinem Inneren toben mußten und nun versuchten, hervorzudrängen.

»Diese verdammte, verdammte, alte Hexe!«

Ein gewaltiger Aufschrei, dann sackte er schluchzend zusammen. Der Kopf fiel mit einem hässlichen dumpfen Laut auf die Tischplatte. Die Scherben knirschten. Er schien sie nicht zu bemerken, weinte und schluchzte aber wie ein kleines Kind.

Wie so oft war er wieder der letzte in der Schlachthalle gewesen. Länger als sonst. Erst hatte er ihr Kommen gar nicht bemerkt. Klein, unscheinbar, grau, schien sie einfach zum Inventar zu gehören. Keiner kannte ihren Namen. Nie hatte einer auch nur ein Wort mit ihr gewechselt. Die Männer gingen, sie kam und putzte. Immer schon.

Nur heute, da hatte ihn sein Dämon geritten. Angestachelt durch ihr unscheinbares Wirken war er ihr in den bereits frisch geputzten Umkleideraum gefolgt. Hatte zuvor unter den Schlachtabfällen einen Stierschwanz hervorgeangelt, mit geballter Faust ergriffen, damit dann drohend vor ihrem Gesicht herumgefuchtelt und wild gebrüllt,

»Hier hast du was du brauchst, du alte Schachtel!«

War dann mit den blut- und fettverschmierten Stiefeln über den noch feuchten, sauberen Boden gestampft. Wollte sie schockiert, vielleicht panisch, jedenfalls aber ärgerlich erleben. Ihre unerschütterliche Ruhe erschüttern.

So hatte er es jedenfalls gedacht.

Sie aber blickte ihn einfach an. Lange. Schweigend. Völlig ruhig. Tief. Ohne eine Miene zu verziehen.

Eine seltsame Lähmung ergriff ihn.

Er verstummte, den Mund geöffnet. Seine Wut, sein ganzes Ich, schienen ihm nicht länger zu gehören. Die gerade noch so grimmigen Augen weiteten sich in maßlosem Erstaunen. Ein fast kindlicher Ausdruck legte sich über sein soeben noch vom Jähzorn verzerrtes Gesicht. Die Zeit schien stillzustehen, die Spannung entwichen.

Dann, es mögen Sekunden oder auch Tage gewesen sein, deutete sie knapp mit dem Finger auf seine Stiefel. Dann auf den Boden. Völlig ruhig. Sonst nichts.

Und er verstand. Umständlich streifte er die schweren Stiefel ab und sackte dann, nur noch in Socken, schwerfällig in die Knie.

Sie wies, nur mit einer leichten, kaum wahrnehmbaren Bewegung, ins Eck. Der feuchte Scheuerlappen.

Und wieder verstand er. Krabbelte darauf zu. Griff ihn mit beiden Händen. Folgte dann auf allen Vieren seinen Spuren am Boden. Beseitigte sie. Kam vor ihr, ihr zu Füßen, zum Halt.

Ihr Blick war unmißverständlich. Gehorsam drückte er den besudelten Lumpen gegen seine Lippen, küsste ihn und überreichte ihn ihr, gleich einem kostbaren Geschenk, um dann wieder bewegungslos am Boden zu verharren.

Sie nickte fast unmerklich. Eine scheinbar unnötige, kleine Regung, denn auch so wusste er, was zu tun war. Aber zugleich war dieses feine

Nicken eine gnädig gewährte Huld, die ihn mit warmer Dankbarkeit füllte. Er war angekommen, hatte verstanden und gehorchte, wie selbstverständlich, dieser unbekannten und doch irgendwie vertrauten, inneren Stimme.

Immer noch gebeugt, nestelte und fummelte er umständlich seine Hose herunter. Präsentierte, den Blick fest auf den Boden gerichtet, seinen fetten, weißen Arsch.

Erneutes Nicken. Er spürte es, ohne es sehen zu müssen und es erfüllte ihn mit Stolz. Er reckte den Arsch in die Höhe.

Klatschend schlug sie zu. Links, rechts. Rechts, links. Immer wieder. Mit nicht vermuteter Kraft. Er stöhnte.

Sie ließ den Lumpen fallen. Verschwand dann wortlos, als wäre sie nie da gewesen, das Geschehene nie geschehen. Einzig die Bodenfliesen glänzten feucht.

sEr stemmte den Kopf von der Tischplatte hoch, schüttelte ihn kurz und wischte sich mit beiden Handrücken die klebrigen Scherben aus dem Gesicht. Verzog dann das Gesicht, ein Grinsen sollte es wohl geben, und brummte nochmals, diesmal sehr leise, »diese verdammte Hexe«. Rappelte sich dann mühsam auf, schwankte, kam unsicher zum Stehen, bevor er, mit einem kurzen Nicken zum Wirt, zur Türe hinaus, in die Dunkelheit stolperte.

»Blumen für die verdammte Hexe«, soll er dabei noch gemurmelt haben. Aber das ist vielleicht nur ein weiteres Gerücht.

Danse macabre

Barbara Büchner

Es war ein Traum, nichts weiter als ein Traum, aber er öffnete mir Pforten der Wahrnehmung, die ich nie zu durchschreiten gehofft hatte. Ich stieg in diesem Traum hinunter in die Kloaken meines Körpers und meiner Seele: Tief unter der Oberfläche lagen dort mächtige schwarze Gewölbe, von grauem Salpeter überkrustet, voll strudelnder, stinkender Schmutzgewässer, in denen Kanalräumer nach Leichen fischten. Es war dunkel darinnen, ich hätte mich verirrt, hätte nicht einer der Kanalräumer – einer ihrer Direktoren – mich begleitet. Er wies mir den Weg, der hinein und auch wieder hinaus führte, er zeigte mir die Totenlöcher genannten Stellen, wo die Leichen angeschwemmt wurden und sprach mit den Männern, die dort ihrem traurigen Geschäft nachgingen.

Nach einer Weile musste ich dringend auf die Toilette und bat ihn mir eine zu zeigen. Er wies mich zu einer Türe aus dicken Bohlen, die etwas Unsauberes und Unheimliches an sich hatte; selbst in diesem Kerker aus Finsternis und Schmutz schien sie in Bereiche zu führen, die noch um vieles schmutziger und unbehaglicher waren – die Kloake der Kloaken, das tiefste und widerlichste Geheimnis dieses abstoßenden unterirdischen Labyrinths. Und tatsächlich, ich merkte, dass sich dahinter mehr als nur eine Latrine verbarg, denn auf einem der abgerissenen Zettel, die an der Türe klebten, stand in großen roten Lettern: KADAVERHAUS. Da wusste ich, dass der Raum hinter dieser Türe das Leichenschauhaus war, in dem die Ertrunkenen aufbewahrt wurden.

Ich trat ein und sah mich in einem verfallenen, ruinenhaften Raum mit einem grausigen Schauspiel konfrontiert. Trübes gelbliches Licht brannte. An einer Wand dieses Raumes, von dessen Mauern die gelbbraunen Kacheln in großen Stücken herabfielen, stand eine Wanne und davor kniete eine derbe alte Frau mit rotem Gesicht und fleischigen roten Armen, die aus aufgeschürzten Ärmeln hervorsahen. Sie war damit beschäftigt den Leichnam eines Mannes zu waschen – eines blonden Mannes, dessen erstarrtes Gesicht lächelte. Ein weiterer männlicher Leichnam lag, nackt und tropfnass, mit dem Gesicht nach unten auf einem hölzernen Schragen.

An einer mächtigen Säule aber, die das niedrige Gewölbe stützte, lag achtlos auf dem Fußboden hingeworfen ein Haufen nackter menschlicher Leiber, mit einer Beiläufigkeit beiseitegeworfen, als wären sie selbst für diese Höhle des Unrats zu schlecht, wie in Spitälern chirurgischer Abfall – amputierte Glieder, Tumore, brandige Fleischreste – beiseite geworfen wird. Diese Trümmer des niedrigsten Unrats waren so gräulich missgestaltet und so eng ineinander verschlungen, dass sie mehr einem vielarmigen und vielbeinigen Oktopus ähnelten als menschlichen Körpern. Sie waren tot, kalt, verfärbt und tot und doch auf schauderhafte Weise lebendig – in diesem bereits faulenden Haufen lebte ein Bewusstsein, das meine Gegenwart wahrnahm und zwar auf eine äußerst bedrohliche Weise wahrnahm. Als ich an ihnen vorüberging, gerieten sie in zuckende Bewegung. Der ganze Haufen erbebte und begann sich zu winden und zu schlängeln wie ein Schlangennest. Arme stießen aus dem Fleischgeschlinge, streckten sich aus nach mir. Finger griffen und tasteten und suchten mich zu ergreifen.

Ich sprang beiseite und wich den Händen – den Saugnäpfen – aus, doch sie waren eindeutig mit Bewusstsein begabt, denn sie suchten augenblicks wieder nach mir. Ich trat dahin und dorthin, doch wohin ich auch auswich, sie schnellten begierig in diese Richtung und tappten nach mir ... und es schien mir, dass sie in obszöner Absicht nach mir langten, mich lüstern zu betappen versuchten. Ich sagte der alten Leichenwäscherin, dass sie mich zu berühren versuchten, doch sie lachte nur und sagte: »Dass sie sich bewegen, das ist nur die Fäulnis.«

Als ich mich umsah, war jedoch von dem Fleischhaufen keine Spur mehr zu sehen. Es war dunkler im Raum geworden, zwielichtig wie in der Abenddämmerung, kein Licht brannte mehr. Doch merkte ich, dass nun der ganze Raum voll von Menschen war, Männern und Frauen, und alle waren sie tot. Ihre Haut war bläulich verfärbt, sie bewegten sich hölzern in einem langsam schreitenden Tanz und wandten mir immer wieder blicklose Augen zu. Eine Frau kam dicht an mich heran und bot mir an sie zu küssen, und obwohl mir vor dem Leichenfleisch schauderte, tat ich es und küsste sie auf den Mund. Ich fühlte die steifen Lippen, fühlte das unbewegliche Fleisch der Wange und dachte, dass ich davor zurückgeschaudert wäre, die Zunge in ihren Mund zu schieben, doch der Kuss auf die Lippen hatte mich seltsam berührt. Ich zögerte nicht mehr, als sie mir anbot ihre nackten Brüste zu berühren – ich umfasste eine Brust und fühlte und drückte sie. Auch die Brust war sehr kalt und von bläulicher Farbe, aber ganz weich. Nun war die Frau völlig nackt, sie schmiegte sich an mich und bot mir an auch den Rest ihres Körpers zu nehmen, aber vor dieser letzten Intimität wich ich doch wieder zögernd zurück. Dennoch war ich jetzt sehr erregt und genoss es, als auch die übrigen Tanzenden an mich anstreiften und mich berührten – scheinbar beiläufig, aber voll sinnlicher Verheißung. Die dumpfe Luft im Raum schien schwer von unausgesprochenen Angeboten zu sein, jeder Schritt, jede Drehung, ja der Tanz selbst war ein Angebot, und ich fühlte mich hineingezogen und in Bewegung gehalten von dieser Menge der tanzenden Toten.

Ich sah ganz deutlich, dass ich es mit einem danse macabre zu tun hatte, einer Versammlung von Leichen – ihre Gesichter waren verfärbt, ihre Züge starr, ihre Bewegungen hölzern. Ich sah, dass sie nicht mehr nackt waren wie zuvor, sondern mit den verschiedensten Kleidungsstücken bekleidet – es sah aus, als hätte jeder und jede nach dem ersten besten gegriffen, das ihnen unter die Finger kam, doch wirkte diese theaterhafte Vielfalt nicht unangenehm, sondern vielmehr pittoresk wie ein Maskenball. Ich machte eine Bemerkung darüber, dass sie so reizvoll bekleidet waren und die Toten hatten ihre Freude daran, sie lächelten mit blauen Lippen und nickten mir mit steifen Nacken zu, während sie geziert dahinschritten ....

Und doch war nichts Unheimliches an dieser Gesellschaft. Ich fühlte mich wohl in ihrer Mitte. Allmählich begann ich da und dort mit einer der Tänzerinnen – es waren hauptsächlich Frauen im Raum – ein paar Worte zu wechseln. Ein Mädchen sagte mir, sie frage sich, wann nun wohl das Jenseits beginne, sie sei nun schon eine Woche tot und habe noch nichts davon gesehen. Eine andere klagte über die Kanalräumer, die ihr zuwider seien, und ich hielt ihr entgegen, die Männer machten ihre Arbeit doch nur, damit sie ein anständiges Begräbnis bekäme. Das schien sie zufrieden zu stellen. Ich sprach mit einer älteren Frau, in deren Hals ein waagrechter Spalt klaffte, und noch anderen, an die ich mich später nicht mehr erinnerte.

Zuletzt muss ich mich wohl zum Gehen gewandt haben, denn ich sagte ihnen, ich würde bald wieder zu ihnen kommen. Ich blickte ihre schönen Kleider an und sagte zu ihnen: »Ich sehe, ich habe Sie vollkommen falsch eingeschätzt. Ich werde mich freuen, bald wiederzukommen.«

Sie nickten und lächelten mir zu, als ich ging ...

Spiegelkäfig

Woschofius

Einleitung

Dies ist die unwahre Geschichte eines Kunstwerks.
Menschliche Emotionen als Kunst?
Zur Schau gestellt, obszön und roh?
Gespreizt, gepeinigt, gedemütigt?
Ausgeliefert, nackt, geöffnet?
Unterwerfung als Kunst?
Submissive Ausstellung?
Jeder kann das menschliche
Kunstwerk betrachten, nur das
Kunstwerk weiß nichts davon.... oder ist sich
unsicher ob es wahr ist. Und dann ist da noch diese
intime Seite, diese Peinlichkeit des betrachtet Werdens in
einem Moment der Intimität. Diese Geschichte würde ich gerne
wahr machen. Sollte da draußen also eine Frau sein, die diese besondere Vernissage erleben möchte, darf Sie sich gerne bei mir melden.
Aber nun lasst uns zuerst die Geschichte lesen.

Spieglein, Spieglein an der Wand.
Wer ist die schönste im ganzen Land?
(Schneewittchen)

Rückblende

Es war ein schöner Montag Mittag gewesen und wie jeden Montag joggte ich durch den Stadtpark um mich fit zu halten. Ich hatte viel Zeit seit meine Semesterferien begonnen hatten, außerdem machte es mir Spaß mein Herz pochen zu hören, wenn ich an die Grenze meiner Leistungsfähigkeit ging und das Adrenalin meinen Körper durchjagte. Ich musste fit bleiben, denn zur Zeit war mein Körper mein Kapital, das es zu vermarkten galt.

Ich hatte begonnen, in einer Bar als Go Go-Tänzerin zu arbeiten. Es machte mir nichts aus, wenn mich gierige Männeraugen betrachteten, und gegen die Grabscher wusste ich mir schon zu helfen. Außerdem behielt ich meinen Slip an. Das war eine der Grundvoraussetzungen gewesen, damit ich den Job annahm. Pro Abend bekam ich fünfhundert Mark und zusätzlich noch Trinkgeld. Da ich fünfzehn Tage im Monat tanzte, kam ich fast auf hunderttausend Mark innerhalb eines Jahres, Trinkgeld eingerechnet. Das Geld konnte ich gut gebrauchen. Es war relativ leicht verdient und ermöglichte es mir, in etwa einem Jahr meine eigene Galerie zu eröffnen. Außerdem bekam ich viele eindeutige Angebote, und ab und zu nahm ich mir einen der Gäste auch mit nach Hause.

Ich studierte Kunst; sah mich aber nicht in der Rolle einer Künstlerin, sondern wollte Kunst erfolgreich vermarkten. Fast das gesamte Startkapital hatte ich von meiner Oma geerbt. Ich benötigte noch ungefähr fünfzigtausend Mark um eröffnen zu können. Dieses Geld hatte ich bald zusammen, und dann würde ich nur noch ab und zu tanzen, um meinen Exhibitionismus und mein Ego zu befriedigen.

Die alten Kastanienbäume glitten an mir vorüber, und ich scheuchte das erste Herbstlaub auf, das den Boden unter meinen wirbelnden Füssen bedeckte.

Trotz des kühlen Abends schwitze ich und mein T-Shirt klebte mir am Körper. Durch den dünnen Stoff konnte man meine erigierten Brustwarzen deutlich erkennen. Ich trug keinen Büstenhalter, und ich benötigte auch keinen. Es machte mir Spaß, die Männer mit diesem Anblick zu provozieren und ich genoss ihre Blicke auf meinem Körper.

Meine Wohnung befand sich am anderen Ende der Stadt, und ich fuhr jedesmal mit dem Auto bis an den Eingang des Parks und stellte es dort ab. Ich nahm immer den gleichen Parkplatz, so wie es all die anderen auch taten. Es war ein Gewohnheitsrecht, und nur selten stand ein anderes Auto darauf.

Ein Mann pfiff mir nach, und ich lächelte ihm zu.

Als ich mich erschöpft meinem Auto näherte, sah ich sofort, dass etwas an meiner Windschutzscheibe hing.

Es war eine schwarze Rose und ein Briefumschlag.

»Oh, ein Verehrer.«

Ich öffnete die Fahrertür, nahm meinen Pullover heraus und schlüpfte hinein um mich nicht zu erkälten. Dann löste ich die Rose samt Umschlag von meinem Scheibenwischer. Ich hatte gar nicht gewusst, dass es schwarze Rosen gab. Sie duftete intensiv, und ich sog das herrliche Aroma tief in mich ein.

Ich setzte mich in den Wagen, öffnete den schwarzen Umschlag und las:

Geehrte Carola,

sicherlich werden Sie sich über diesen Brief wundern, aber ich möchte Ihnen einen wirklich ernst gemeinten Vorschlag unterbreiten.

Ich kenne Ihre Planungen bezüglich Ihrer Galerie und bin auch in etwa im Bilde, dass sie noch fünfzigtausend Mark benötigen. um sich Ihren Traum zu erfüllen. Ich würde Ihnen dabei gerne behilflich sein. Sie werden sich jetzt sicherlich fragen, wo der Haken dabei ist. Niemand verschenkt so ohne weiteres soviel Geld.

Sie haben recht. Geld spielt für mich keine Rolle. Ich habe genug davon, um es für die Erfüllung meiner Wünsche ausgeben zu können. Manchmal spielt der Zufall mir einen Wunsch zu. Dieses Mal war es ein Morgenspaziergang in diesem Park. Sie werden sich nicht daran erinnern, aber vor einigen Tagen sind Sie an mir vorbeigelaufen, und spontan wollte ich Sie zu einem Teil einer meiner Inszenierungen machen. Warum es gerade Sie sind, ist recht einfach zu erklären. Sie haben einen wunderschönen Körper. Er ist es auch, der mich interessiert.

Ich ließ Sie durch einen Vertrauten beobachten (Bitte entschuldigen Sie diese Vorgehensweise) und weiß mittlerweile sehr viel über Sie. Ich denke, dass mein Vorschlag, zu dem ich jetzt komme, für Sie interessant sein könnte. Zumindest wird er Sie neugierig machen.

Ich sehe mich als Künstler. Meine Kunst ist die Zurschaustellung von menschlichen Emotionen. Sie, Carola, sind voll davon.

Um die Sache abzukürzen: Ich gebe Ihnen fünfzigtausend Mark für 2 Tage ihrer Zeit. Das Geld ist bereits bei Ihrem Anwalt hinterlegt. Ich habe mir erlaubt, Kontakt zu ihm aufzunehmen. Er ist der Einzige, der meine Identität kennt. Nach den zwei Tagen werden Sie das Geld durch ihn überreicht bekommen; vorausgesetzt, Sie halten die zwei Tage durch. Sollten Sie nicht durchhalten, wird der Anwalt das Geld an Amnesty International überweisen. Das soll Ihnen zeigen, dass es mir nicht um das Geld geht. Ich verliere es auf jeden Fall. Falls Sie die zwei Tage durchhalten, werden Sie von mir ein Passwort erhalten, das den Anwalt veranlassen wird, Ihnen den Betrag in bar zu überreichen.

Bitte prüfen Sie die Ehrlichkeit meiner Aussage durch einen Anruf bei Ihrem Anwalt.

Wie soll das Ganze nun ablaufen?

Nachdem er Ihnen den Geldeingang bestätigt hat und Sie sich positiv entscheiden, werden wir Sie abholen. Sie werden weder wissen, wer Sie abholt, noch wohin Sie gebracht werden. An dem vorgesehenen Ort haben Sie allen Anweisungen für die Dauer von zwei Tagen zu folgen. Man wird Ihnen nichts befehlen oder antun, was Ihnen dauerhafte körperliche Schäden zufügen könnte. Trotzdem werde ich Ihnen Anweisungen geben, die beschämend sein könnten oder die Sie als abstoßend empfinden. Ich werde Ihnen viel abverlangen. Sollten Sie sich weigern, einen Befehl auszuführen, werden Mittel eingesetzt, die Sie davon überzeugen sollen, doch weiterzumachen. Sollte auch das nicht den gewünschten Erfolg bringen, beende ich das Projekt und Sie können gehen. Das Geld wird dann an Amnesty überwiesen.

Habe ich Sie neugierig gemacht?

Wenn Sie zusagen, würde es mich sehr freuen. Ich bitte Sie: Werden Sie mein Kunstwerk.

Man wird Sie morgen Abend um neun Uhr anrufen.

Hoffend Z.

Ich schaute mich um. Irgendwie fühlte ich mich plötzlich beobachtet, und das verunsicherte mich zunehmend, spürte ich doch Blicke auf mich gerichtet.

Ich schloss die Wagentür, roch noch einmal an der Rose und fuhr nachdenklich nach Hause. Der Brief lag achtlos neben mir auf dem Beifahrersitz und grinste mich spöttisch an.

Daheim angekommen, telefonierte ich zuerst mit meinem Anwalt.

Es war genau so, wie dieser Z. geschrieben hatte.

Ein Koffer mit Fünfzigtausend war bei ihm hinterlegt. Nun stellte sich die Frage– was tun?

Es war eine Menge Geld für zwei Tage Arbeit. Der Anwalt hatte mir nur gesagt, dass das Geld bereit lag. Ansonsten beharrte er auf seiner Schweigepflicht.

»Die Neugier ist der Katze Tod.«

Dieser Spruch meiner Mutter kam aus den Tiefen meiner Erinnerung nach oben.... und ich war NEUGIERIG geworden.

Kapitel 2: Ja, ich will

Es war kurz vor neun Uhr. Ich stand nackt in meinem Schlafzimmer und schaute mich im mannshohen Spiegel an, der an der Innenseite der Schranktür angebracht war. Ich kämmte meine langen, schwarzen Haare aus, die mir etwas störrisch über die Schultern hingen. Ich musste mal wieder ins Sonnenstudio gehen. Die letzten Sonnentage hatte ich zum ausgiebigen Sonnenbaden genützt und meine Bikinizone war nun deutlich zu erkennen. Ich betrachtete mein Gesicht im Spiegel und ärgerte mich über die kleinen Sommersprossen, die meine zu groß geratene Nase zierten. Ich hatte nicht wirklich ein schönes Gesicht. Mein Mund war etwas schief und verlieh mir einen spöttischen Zug, wie ihn Ellen Barkin in ihren Filmen zur Schau stellte. Meine Ohren standen etwas zu weit ab, aber meine dunkelblauen Augen machten diese Unschönheiten wieder wett. Mit meiner Figur konnte ich mehr als zufrieden sein. Meine Brüste waren zwar nicht riesig groß, aber rund und fest. Mein Bauch zeigte erste Spuren eines Waschbretts, und Po und Schenkel waren durch das viele Joggen schön geformt. Ich warf meine schwarzen Haare nach hinten, schlüpfte in einen schwarzen Body und zog mir meine ausgewaschene Lieblingsjeans an.

Das Telefon begann zu klingeln. Ich ließ es dreimal läuten bevor ich den Hörer abnahm.

»Ja, bitte.«

»Sind Sie bereit.«

»Ja.«

»Gut, kommen Sie in einer halben Stunde in die Tiefgarage am Hotel Berger. Fahren Sie in die unterste Parkebene. Dort steht ein schwarzer Lieferwagen. Stellen Sie ihr Auto gegenüber ab, steigen Sie hinten in den Wagen ein und schließen sie die Tür. Schauen Sie nicht in die Fahrerkabine hinein. Ansonsten endet alles sofort. Haben Sie das verstanden?«

»Ja, ich...«

»Keine weiteren Fragen.«

Ein grelles Klicken in der Leitung beendete das Gespräch. Ich musste mich beeilen.

Langsam fuhr ich durch die Tiefgarage. Um diese Zeit waren nur die oberen Decks besetzt. Der schwarze Lieferwagen stand einsam und alleine da. Ich bekam ein flaues Gefühl in der Magengegend und strich mir nervös die Haare aus dem Gesicht. Unruhig schaute ich mich um, aber es war niemand zu entdecken. Ich stieg aus, schloss mein Auto ab und ging entschlossen auf die Hintertüre des Lieferwagen zu. Die hinteren Fensterscheiben waren schwarz getönt. Die Nummernschilder waren abgedeckt. Ich war mir auf einmal nicht mehr so sicher, dass dies hier eine gute Idee war.

»Es ist erstaunlich, zu was du bereit bist, wenn dir nur das Ziel verführerisch genug erscheint«.

Diese Worte eines Ex-Freundes kamen mir in den Sinn.

Er hatte Recht.

Trotz eines kurzen Zögerns öffnete ich die Flügeltüren und stieg ein. Die Kabine war leer. Hinter mir fielen die Türen ins Schloss., und ich setzte mich auf den mit Teppich bezogenen Boden. Das metallische Geräusch einer Zentralverriegelung gab mir die Gewissheit, dass ab sofort mein Verehrer den Fortgang der nächsten zwei Tage bestimmte.

Der Motor wurde angelassen und die Fahrt ins Ungewisse begann.

Irgendwie roch es hier seltsam nach Spiritus.

Ich wurde müde....

Alle Fehler liegen schon bereit,
sie müssen nur noch gemacht werden!
(Tartakower)

Kapitel 3: Spiegelkäfig

Als ich langsam erwachte und meine Augen öffnete, konnte ich mich selbst betrachten. Zusammengekrümmt in seltsam starrer Haltung lag ich da und konnte mich nicht bewegen.

Aber irgendwie war alles unscharf.

War ich tot und schaute auf meinen Leichnam herab?

Ich schaute doch nach oben! Ich schüttelte den Kopf und langsam kam die Erinnerung wieder zurück. Nachdem sich meine Augen an das grelle Neonlicht gewöhnt hatten wurde mir schlagartig klar, in welcher Situation ich mich befand. Ich lag aufgespreizt und nackt auf einem Frauenstuhl gefesselt. Meine Hände und Füße waren mit kräftigen Riemen fixiert, und auch um meinen Bauch verlief ein breiter Lederriemen, der mich mit der Liegeschale fest verband. Meine Oberschenkel wurden ebenfalls durch breite Riemen auseinander gezogen, so dass meine Scham deutlich präsentiert war.

Und... mein Schamhaar fehlte!

Irgend jemand musste mich während meiner Ohnmacht rasiert haben.

Die Einstellung des Stuhles war so gewählt, dass sich meine Knie fast auf Höhe meines Kopfes befanden. Das führte dazu, dass nicht nur meine Scham, sonder auch meine hintere Öffnung deutlich präsentiert wurde. Vor meiner Scham war eine helle Lampe angebracht, die mich mit ihrem warmen Licht anstrahlte. Um meinen Hals war ebenfalls ein Lederriemen gezurrt, der verhinderte, dass ich meinen Kopf heben konnte. Trotzdem konnte ich mich sehen. Der Raum in dem ich mich befand, war nicht sehr groß. Es war ein Würfel mit einer Kantenlänge von maximal zwei Metern und bestand gänzlich aus Spiegeln. Das tausendfache Spiegelbild zeigte meinen zusammengekrümmten Körper in jeder Position.

»Schön, dass Sie wieder wach sind.«

Die Stimme war etwas verzerrt und schien aus einem Lautsprecher zu kommen, der sich wohl unter dem Stuhl befand.

»Geht es ihnen gut?«

»Wer sind Sie?«

»Das wissen Sie doch. Ich bin Z.«

»Gut Z, und wie soll das hier weitergehen?«

»Ich betrachte Sie gerade. Sie sollten wissen, dass die Spiegel halbdurchlässig sind. Ich kann Sie sehen... und Sie mich nicht.«

»Warum der Aufwand. Sie zahlen Fünfzigtausend um mich nackt auf einen Frauenstuhl zu binden. Das hätten sie preiswerter bekommen können. Sie wissen doch, dass ich Go Go-Tänzerin bin, oder?«

»Warten Sie es doch ab. Ich habe einen Vorteil; ich weiß, wer noch hier draußen ist. Warum sind Sie sich so sicher, dass ich hier draußen alleine bin. Vielleicht stehen Sie ja gerade in meiner Galerie und viele lüsterne Blicke sind auf Sie gerichtet. Vielleicht habe ich ja auch ihre Familie zu dieser Vernissage eingeladen? Was würden ihre Eltern sagen, wenn sie Sie so sehen würden. Eine kleine geldgeile Schlampe, die für ein bisschen Geld ihren Körper verkauft.«

»Sie sind ein Schwein, und sie sind nicht Z.«

»Woher wollen Sie das wissen?«

»Ihr Brief; Sie könnten nie einen solchen Brief schreiben. Sie sprechen primitiv, und der Brief ist feinfühlig geschrieben.«

»Es ist egal was Sie glauben. Wissen Sie, was ich gerade tue? Ich halte eine Digitalkamera auf Ihr kleines Vötzchen und sende online Bilder ins Internet... aber wer weiß, vielleicht lüge ich ja auch.«

Ich rüttelte wütend an meine Fesseln.

»Versuchen Sie es erst gar nicht. Ich habe mich persönlich von der Festigkeit der Riemen überzeugt. Sie haben eine sehr schöne Scham. Mir gefällt es, wenn die inneren Schamlippen so ausgeprägt sind und der Kitzler so hervorsticht. Ich denke, dass meine Kunden dem ebenfalls zustimmen werden. Diese Kamera wird die ganze Zeit auf Sie gerichtet sein. Haben Sie sich schon überlegt, dass ein Film, den ich ins Internet stelle, mit großer Wahrscheinlichkeit unsterblich wird? Er wird downgeloaded, per eMail verschickt, abgespeichert... Millionen Mal. Der Verteilungsgrad wächst täglich und selbst wenn Sie irgendwann einmal ins Altersheim gehen, kann es sein, dass Ihre Enkelkinder diesen Film noch bewundern. Ist das nicht ein verrückter Gedanke? Denken Sie darüber nach, während ich Sie jetzt alleine lasse.«

Die Stimme verstummte und ein leises Knacken zeigt mir, dass er das Mikrofon ausgeschaltet hatte.

»Und was passiert jetzt? Sie können mich doch hier nicht die ganze Zeit so liegen lassen.«

Ich erhielt keine Antwort.

Es ist ein Naturgesetz, dass immer dann, wenn man sich nicht kratzen kann ein Jucken einsetzt. So war es auch bei mir, und die nächsten Stunden waren schlimm. Mein Rücken begann zu schmerzen, und die Gliedmaßen wurden langsam kalt. Der einzige Bereich der sich wohlig anfühlte, war mein Unterleib, der von der starken Wärme der Lampe verwöhnt wurde. Ich verlor das Gefühl für die Zeit und ein Blick auf meinen linken Arm zeigte mir, dass man sich sogar die Mühe gemacht hatte meine Uhr zu entfernen.

Unbequemlichkeit und Langeweile sind zwei Faktoren, die mich langsam wütend machten.

»Hallo, binden Sie mich los, ich kann nicht mehr so sitzen!«

Ich erhielt keine Antwort. Entweder war niemand da, oder man durfte oder wollte nicht mit mir sprechen. Ich versuchte meine Position ein wenig zu verändern, was nur in geringem Maße möglich war.

Hatte er nicht von einem Kunstwerk gesprochen? Stand dieser Apparat wirklich in einer Ausstellung, und alle Besucher liefen an mir vorbei und betrachteten mich in dieser Position? Ich versuchte meine Position etwas zu verändern, doch die Riemen ließen es nicht zu.

Es musste eine weitere Stunde vergangen sein, als wieder ein leises Knacken ertönte und die Stimme wieder mit mir sprach.

»Was glauben Sie, wie lange Sie schon hier sind?«

»Machen sie mich los.«

»Sie sollen doch ein folgsames Mädchen sein. Beantworten sie also meine Frage.«

»Ich denke, so an die fünf Stunden.«

Ein gehässiges Lachen erklang.

»Sie irren sich. Sie sitzen jetzt gerade mal zwei Stunden hier. Spüren Sie eigentlich schon ihre Blase?«

Ich war ein bisschen schockiert, dass ich mich so in der Zeit vertan hatte. Aber sagte er überhaupt die Wahrheit? Zwei Tage war der Deal... und ich konnte jetzt schon jeden Knochen spüren.

Irgendwie wurde mir langsam klar, worauf ich mich hier eingelassen hatte... und ich war mir nicht mehr sicher, ob das Fünfzigtausend wert war.

»Nein, ich werde es Ihnen aber rechtzeitig sagen, damit sie mich losbinden können.«

Wieder erklang ein Lachen.

»Warum sollte ich? Ich finde es viel schöner, sie beim Pinkeln zu beobachten und zu filmen.«

»Sie Schwein, den Gefallen werde ich Ihnen nicht tun, und wenn ich platze.«

»Wir werden sehen. Ich habe Mittel, sie zum Pinkeln zu bringen, warten sie es ab.«

Im gleichen Augenblick ging das Licht in meinem Würfel aus. Ich hörte ein Klappen, Schritte hinter mir, und dann wurde mir ein Tuch über den Kopf gezogen.

Ich schrie.

Ich spürte, wie sich mehrere Hände an meinem Körper zu schaffen machten. Meine Brustwarzen wurden leicht lang gezogen und irgendetwas wurde an ihnen befestigt. Finger tasteten über meinen Unterleib und eine glitschige, kühle Flüssigkeit wurde mit Fingern auf meinem Anus und der Scham verteilt. Dann drangen sie auch vorsichtig in mein Poloch ein. Ich versuchte dies zu verhindern indem ich meinen Schließmuskel anspannte, doch ein leises Kichern zeigte mir, dass sich die Person dadurch nicht aufhalten lassen würde. Der Finger wurde mit einem schmatzenden Geräusch wieder herausgezogen und etwas anderes Kühles, Hartes wurde stattdessen hinein geschoben. Das Teil war so beschaffen, dass es am Anfang dicker war als am Ende. Mir war sofort klar warum es diese Form hatte. Es sollte verhindern, das es herausgedrückt werden konnte. Mein Schließmuskel schmerzte nun etwas und verkrampfte sich um das eingeführte Teil. Während dessen befestigten andere Hände kleine Klammern an meinen äußeren Schamlippen Die Personen gingen rasch zu Werke. Am Schluss wurde noch etwas um meine großen Zehen gewickelt, dann hörte ich nur noch wie die Personen den Raum verließen. Der Letzte nahm mir auch wieder das Tuch vom Gesicht.

Ich schaute an mir herunter: Ich war verkabelt!

An den kleinen Metallklammern die meine Brustwarzen und meine Scham zierten, befanden sich dünne Kabel.

»So, liebe Carola, hier draußen sind viele Leute, die Sie jetzt gerne pissen sehen würden. Also was ist?«

Jetzt wurde ich richtig wütend. Nicht dass ich sonderlich prüde war, aber beim Pinkeln sollte mir niemand zuschauen, dass war zu intim.

»Leck mich am A....«

Mein linkes Bein zuckte, als der erste Stromstoß ihn durchfuhr.

»Wie war das bitte? Also, ich denke, du hast jetzt kapiert, wie das hier abläuft. Ich werde dir jetzt zeigen, was ich alles mit dem Strom machen kann. Vor mir habe ich ein kleines Pult stehen, an dem viele Knöpfe sind. Kannst du dir das in etwa vorstellen? Dieser Knopf hier zum Beispiel lässt Strom durch beide Brustwarzen fließen.«

Im selben Augenblick durchschoss meine Brüste ein beißender, zuckender Schmerz, und ich schrie auf.

»Dieser Knopf hier lässt dein schönes Vötzchen zucken.«

Ich schrie erneut auf, als der Strom meine Scham durchfloss. Ich konnte die Muskel meines Unterleibes nicht mehr kontrollieren, und fast hätte sich meine Blase von selbst entleert.

»Und das hier ist mein Lieblingsknopf. Sehr intim.

Ich bäumte mich auf und fing zu keuchen an, als der Strom durch meinen Anus floss. Unendliche Sekunden pulste der Strom durch meinen Körper.

Der Schmerz an sich war nicht so schlimm, sondern es war das Gefühl die Körperkontrolle zu verlieren. Meine Muskeln machten, was sie wollten. Es war mir klar, dass ich dies niemals zwei Tage aushalten würde. Ob mit oder ohne Strom – ich würde pinkeln müssen.

Als der Strom ausgestellt wurde, lag ich weinend da. Ich konnte nicht mehr. Meine Handgelenke schmerzten durch mein wildes Aufbäumen. Aber viel schlimmer war, dass er letztendlich das bekommen würde, was er wollte.

»Also, was ist jetzt? Bist du jetzt ein braves Mädchen und pinkelst uns was vor?«

Ich nickte und zog mir den Rotz hoch, der aus meinem verheulten Gesicht fließen wollte. Alle Scham war vergessen, ich wollte es nur noch schnell hinter mich bringen.

Einmal pinkeln für fünfzigtausend Mark.

»Ok, Sie bekommen was Sie wollen.«

»Das bekomme ich immer. Aber gut, dann fang jetzt an.«

Ich schloss die Augen und konzentrierte mich. Nach unendlichen Sekunden begann es endlich zu fließen. Erst tropfte und rann es über meinen Bauch und Po nach unten, schließlich aber spritzte es in einer weiten Fontäne zu Boden. Das Gefühl der Erleichterung war unbeschreiblich schön. Vergessen war alle Scham.

Als der gelbe Strom endlich versiegte, hörte ich wieder das leise Knacken, als das Mikrofon abgestellt wurde.

Dann roch es wieder nach Spiritus und ich wurde müde... sehr müde.

Nachwort

Langsam erwachte ich aus der Betäubung. Ich lag auf meinem Bett, nackt und mit gespreizten Schenkeln. Ich lag da, als ob mich gerade ein Mann genommen und dann achtlos liegen gelassen hatte. Vielleicht hatten es Z oder seine Helfer ja auch getan.

Die Neugier ist der Katze Tod

...aber ich lebte.

Nur das Gefühl des Ausgeliefertseins und der Beschämung wollte sich nicht völlig auflösen. Ich spürte immer noch die Blicke und die Hände auf meinem Körper... und wie der warme Saft an mir herunterlief.

Oberhalb meiner rasierten Scham stand mit einem schwarzen Stift ein einziger Satz geschrieben – das Passwort:

»Ich bin eine Pisserin.«

Dieser Satz war der Schlüssel für meine neue Existenz.

Ich stand auf und stellte mich zuerst unter die Dusche. Das kalte Wasser prickelte auf meiner Haut, und ich wurde richtig wach. Ich ließ mir einen Kaffee durchlaufen und schaute aus dem Fenster dem Treiben auf der Straße zu. Nachher würde ich den Anwalt besuchen und ihm das Passwort mitteilen. Dann war ich um etliche tausend Mark reicher und ein neuer Lebensabschnitt konnte beginnen. Im Nachhinein sind alle Erlebnisse irgendwie besser bzw. nicht so schlimm gewesen. Je länger ich über das Erlebte nachdachte, desto interessanter schien es mir zu sein. Wusste Z mehr über meine versteckten Triebe als ich selbst? Ich würde Zeit finden, darüber nachzudenken... und Konsequenzen zu ziehen. Wäre ich ein Zuschauer gewesen, hätte mich das Kunstwerk sehr beeindruckt... aber ich wusste ja nicht, ob ich nur eine Privatvorstellung war, oder ob da wirklich andere Menschen anwesend waren. Letztendlich war das auch egal.

Achtlos ließ ich meinen Bademantel zu Boden fallen und zog mir ein kurzes Kleid und hochhackige Schuhe an. Mein Anwalt war eigentlich der Anwalt meines Vaters gewesen. Ich hatte ihn irgendwie nach dem Tod meines Vaters und dem anschließenden Hickhack um das Erbe und die Schulden »geerbt«. Ab meinem sechzehnten Lebensjahr merkte ich, dass er scharf auf mich war, und ich kokettierte mit meinem erblühenden Körper, ohne ihn jemals an mich ranzulassen. Er hatte damit wohl auch nicht wirklich gerechnet, aber der Gedanke daran schien ihm zu gefallen. Irgendwann wurde es zu einem Spiel zwischen uns beiden, das wir bis heute pflegten. Aus diesem Grund putzte ich mich auch jedes Mal besonders heraus, wenn ich ihn besuchte. Heute war mir eigentlich nicht danach, aber aus reiner Gewohnheit tat ich es doch.

Seine Sekretärin winkte mich höflich zu ihm durch. Er begrüßte mich freundlich und bot mir einen Platz an. nicht ohne den obligatorischen Blick auf meinen Ausschnitt zu werfen.

»Carola, was kann ich für Sie tun?«

»Ich bin eine Pisserin.«

Er schaute mich lächelnd an.

»Carola, mir ist es egal was Sie...«

»Wie bitte? Nein, nicht ich, das Passwort lautet so.«

»Was für ein Passwort?«

In diesem Augenblick wurde mir klar wer Z. war.

Er lächelte.... weil er das Spiel gewonnen hatte, das wir seit meinem sechzehnten Lebensjahr spielten.... und ich musste auch lächeln.

Sommernachtstraum

Woschofius

Es war einer dieser Spätsommertage, die auch noch morgens warm genug waren, um sich leicht bekleidet den Düften des Lustgartens hingeben zu können. So lief ich barfuss, nur mit einem leichten Korsett bekleidet, durch den Rosen- und Lavendelgarten. Meine nackten Füße zeichneten eine Spur durch den Tau, der sich auf dem gepflegten Rasen niedergelegt hatte, um den Tag zu begrüßen. Es war windstill und wenn ich die Augen schloss, konnte ich die unterschiedlichen Rosendüfte voneinander unterscheiden.

Die Nacht hatte ich mit dem König verbracht. Er war noch betrunken von der Ballnacht und befahl mich zu sich aufs Zimmer, als er sich, von mehreren Diener gestützt, in seine Gemächer bringen ließ.

Jedesmal wenn er betrunken war, hatte ich Angst vor ihm. Er war an sich schon ein furchteinflössender Mann von massiger Statur, mit unsteten Augen und buschigen Augenbrauen. In angetrunkenem Zustand jedoch war er jedesmal in einer seltsam grausamen und enthemmten Stimmung, und ich wusste was mich erwartete. Normalerweise fesselten seine Diener mich dann rücklings auf sein Bett und ein weiterer peitschte mich dann aufs Heftigste aus. Der König genoss meine Schreie, wenn die Gerte in meine Brüste schnitt und ein Streifenmuster hinterließ. Die Bisse der Gerte auf meinen Brustwarzen trieben mir den Schweiß aus dem Körper, und seine geilen Augen verfolgten den Tanz meines Körpers, bis ich endlich ermattet und voller Hingabe den Schmerz annahm. Dann spürte ich dieses seltsame Gefühl in mir, dieses Verlangen nach mehr... nach Demut und Auflösung.

Ja, es war grausam, aber es kroch auch Lust durch meinen Körper und die Hitze in meinem Schoß war dann nicht mehr auszuhalten.

Ich wollte genommen werden... hart und schnell.

Vom Zuschauen aufgegeilt, nahm er mich dann normalerweise und überließ mich anschließend den Dienern für den Rest der Nacht.

Heute war es allerdings anders. Er hatte die Diener weggeschickt und die harte Reitgerte hing unberührt, mich höhnisch angrinsend, an der Wand. Er war nackt. und sein fetter Körper lag ermattet in den weichen Kissen. Seine Kleider lagen auf dem Boden und seine gepuderte Perücke hatte er achtlos daneben fallen lassen, so daß sich der weiße Puder nun auf dem ganzen Boden verteilte.

Mit einer leichten Handbewegung winkte er mich zu sich heran. Er zog mich neben sich, und seine Hände spreizten meine Schenkel. Ohne ein Wort zu sagen, schob er sich über mich und drang in mich ein. Er roch nach einer Mischung aus Parfüm, Puder, Schweiß und Alkohol, und ich drehte meinen Kopf zur Seite um seinen Lippen zu entgehen. Seine Hände betatschten meine Brüste, und ich spürte seinen Mund auf meinem Hals.

Heute widerte er mich besonders an, und trotzdem wollte ich, dass es geschah.

Ich war irgendwie etwas enttäuscht, dass er seine Lust auf diese einfache Weise an mir befriedigte, und blieb daher trotzig und bewegungslos liegen. Ich wusste, wie ich ihn reizen und manipulieren konnte. Wir Sklavinnen und Sklaven haben über Jahrhunderte hinweg Fähigkeiten entwickelt, deren Anwendung selten ihre Ziele verfehlen. Die einzige Schwierigkeit bestand immer nur darin, diese Mittel in der richtigen Dosierung einzusetzen. Ein wenig zuviel des Guten bedeutete, dass eine Bestrafung zu erwarten war. Zu wenig brachte den gewünschten Effekt nicht hervor.

Ich tat desinteressiert und gelangweilt, und meine Körpersprache war darauf aus, seinen Ehrgeiz anzustacheln. Oftmals genügten schon kleine Nuancen in meinem Verhalten, um ihn in meinem Sinne zu beeinflussen. Selbst auf den Rhythmus meiner Atmung achtete er aufmerksam. Bereits nach wenigen Stößen hielt er inne, und ich freute mich schon über meinen Erfolg. Jetzt musste ich aufpassen, dass er mein Spiel nicht noch durchschaute.

Doch heute Nacht war es anders – er war einfach auf mir eingeschlafen. Ich versuchte vergeblich ihn von mir herunterzurollen, aber sein massiger Körper lag wie ein Fels auf mir. Er presste mich tief in die Kissen, und ich konnte nur mühsam atmen. Ich spürte seinen regelmäßigen Atem, und die verbrauchte Luft würgte mich. Speichel tropfte von seinem geöffneten Mund auf meinen Hals und lief in die Kissen. Nach und nach bekam ich Platzangst und machte mir ernsthaft Sorgen um meine Rippen. So griff ich ihm hart zwischen die Beine. Er stöhnte auf und drehte sich zur Seite, ohne wirklich aufzuwachen.

Am nächsten Morgen würde er sich wundern, warum ihn sein Unterleib plagte. Ein Grinsen überzog mein Gesicht

Ich stand auf, lief ans Fenster und schaute hinab in den Park. Stille lag über den gepflegten Anlagen, und ich beschloss, einen Morgenspaziergang zu machen.

Ich riss einige übrig gebliebene Lavendelblüten ab und verrieb sie mit meinen Händen. Genussvoll nahm ich den lieblichen Duft auf und verschmierte dann die Reste auf meinen Brüsten. Eine Weile beobachtete ich das Wasserspiel eines kleinen Springbrunnens. Ich kniete mich hin und betrachtete mein verwackeltes Spiegelbild im klaren Wasser.

Ein leises Rascheln in meinem Rücken ließ mich aufhorchen. und ich drehte mich um. Sofort verstummte das Geräusch.

Ich stand auf.

»Ist da wer?«

Keine Antwort. Auf dem Rasen lag etwas Langes, Silbriges und zuerst hielt ich es für eine verlorene Halskette, die bei den kindischen Spielen der Mitglieder des Königshauses vom Halse einer Mätresse gerissen worden war. Neugierig näherte ich mich dem fremden Objekt, und je näher ich herantrat, desto länger wurde es.

Es war nicht silbern, sondern transparent, hatte einen Durchmesser von etwa einem Zentimeter und war lang... sehr lang. Kurz dachte ich, es wäre eine dieser fremdartigen Schlangen, die unsere Seefahrer gelegentlich von ihren langen Reisen aus den Kolonien mitbrachten. Aber diese Schlange war mindestens zwanzig Meter lang und schien zudem tot zu sein.

Ich beugte mich herab, um sie genauer in Augenschein zu nehmen.

In diesem Moment sprang mich das Wesen an. Wie ein Tentakel umwickelte es meine Handgelenke und machte mich augenblicklich wehrunfähig. Ich sprang auf und wollte davonrennen, doch das Wesen zog mich hinter sich her durch den Park. Am anderen Ende der Schlange war ein kürbiskopfgroßer schwarzer Körper zu erkennen, aus dem dieser einzige, lange Tentakel wuchs, der mich nun gefangen hielt. Ich schrie laut um Hilfe.

Doch wer sollte mich hier draußen hören?

Ich stemmte mich mit meinen nackten Füssen gegen den Zug, doch das Wesen schien meine Anstrengung gar nicht zu beachten, und so schlitterte ich mit meinen schmerzenden Fußsohlen über den Rasen.

Das Wesen zerrte mich zu einer Bank und begann, mich gleichzeitig einzuwickeln. Der kühle Tentakel umwickelte meinen Körper und zog sich dann fest zusammen. In wenigen Sekunden war ich bewegungsunfähig an die Bank gefesselt. Der schwarze Körper des Wesen näherte sich langsam und ein weiterer, etwas dickerer Tentakel wuchs langsam aus dem Kopf des Wesens heraus. Dieser Tentakel kroch nun langsam über meinen Körper, so als ob es mich beschnuppern wollte. Die glatte, kalte Oberfläche des Tentakels glitt über meinen Körper und eine Gänsehaut wanderte über meinen Rücken.

Ich blieb regungslos liegen.

Der Tentakelkopf glitt zwischen meine Beine und schnupperte an meinen Schamlippen und meinem Po. Sich leicht drehend, drang er auch wenige Zentimeter in meine vordere Öffnung ein und voller Angst versteifte sich mein Körper. Irgendwie schien er damit nicht zufrieden zu sein, und seine Erkundungstour ging weiter.

Ich schloss die Augen, als das Wesen über meine Brüste hinweg zu meinem Gesicht wanderte. Ich spürte wie es an meiner Nase und meinen Ohren schnupperte. Es war ein eigentümliches Geräusch. Irgendwie hörte es sich wie das Würgen eines Menschen an, der sich gleich übergeben musste. Schließlich spürte ich eine Berührung an meinen Lippen und instinktiv öffnete ich meinen Mund. Sofort drang das Wesen in meine Mundhöhle ein. Es begann zu zittern und ich spürte wie es schmerzhaft meine Speiseröhre hinunterwanderte. Plötzlich nahmen meine Geschmacksnerven einen bitteren Geschmack wahr. Mein Unterleib wurde taub und ich konnte nach wenigen Sekunden meine Beine nicht mehr spüren. Aber das Schlimmste war, diese Taubheit kroch nach oben.

Dann wurde ich ohnmächtig.

Als ich erwachte, war alles in silbriges Licht getaucht. Ich versuchte mich zu bewegen, aber weder meine Arme noch Beine gehorchten meinen Befehlen. Vorsichtig schaute ich mich um.

Ich befand mich in einer kleinen, sehr warmen Höhle. Es roch eigentümlich. Die kleine Höhle wurde von einem überdimensionalen Spinnennetz in zwei Teile getrennt, das sich von den Wänden über den Boden bis zur Decke hin erstreckte. Ich selbst war an diesem Spinnennetz »befestigt«. Der lange Tentakel hatte mich vollständig umwickelt und mit dem Netz verbunden. Doch dieses Mal war das Wesen nicht alleine.

Nachdem sich meine Augen an das düstere Licht gewöhnt hatten, sah ich mindestens drei weitere dieser Wesen in der Höhle. Sie schienen mich anzustarren, so als ob sie sich überlegten, wie sie mich zubereiten wollten.

Langsam floss wieder etwas Wärme in meine Gliedmaßen. Die Wirkung des mir verabreichten Mittels schien nachzulassen.

Seltsamerweise verspürte ich auch keine Angst mehr, sondern eher eine distanzierte Neugierde. Irgendwie schienen sie gemerkt zu haben, dass ich wach war, denn nun krochen die Tentakeln auf mich zu und nahmen Besitz von mir. Als Erstes spürte ich, wie einer in meine

Vagina eindrang. Erschrocken schrie ich auf, obwohl es nicht weh tat. Der Tentakel begann zu pulsieren, bewegte sich vor und zurück.

Ich schloss meine Augen, gab mich hin, und Lustschauer liefen durch meinen Körper.

Ein weiterer Tentakel nahm nun von meiner hinteren Öffnung Besitz, und Panik stieg in mir auf... Ich versuchte vergeblich mich loszureißen und zerrte an der Tentakel, die mich festhielt. Weitere Tentakeln umwickelten meinen Körper und versuchten ebenfalls, durch meine Körperöffnungen in mich einzudringen.

Ein letztes Mal öffnete sich mein Mund zu einem Schrei, als auch dort ein Tentakel die Situation ausnützend eindrang und mir den Atem abschnitt.

Ich öffnete meine Augen.

Die schwarzen Körper begannen zu zucken und ich konnte erkennen, wie eine grünlich fluoreszierende Flüssigkeit durch die durchsichtigen Tentakeln auf mich zufloss. Seltsamerweise blieb ich jetzt völlig ruhig. Vielleicht lag es daran, dass mich die Ausweglosigkeit der Situation lähmte... vielleicht auch war meine Neugier größer als meine Angst.

Mein Körper wurde leicht... fast schwerelos.

Insgeheim wollte ich wissen, was die Flüssigkeit wohl mit mir machen würde.

War es eine Säure, die mich auflösen und für diese Wesen verdaulich machen würde?

War es Nahrung für mich? War es ein süsses Getränk? War es ein Liebeszauber? Lebten diese Wesen von meiner Lust?

Langsam kam die Flüssigkeit in zahllosen Schläuchen unaufhaltsam auf mich zu. Und ich war bereit, sie zu schlucken.

Die Rückkehr der toten Geliebten

Annie Sadeau

Tonio Brandt kehrte in jene Stadt zurück, die er vor fünf Jahren in einer Nacht- und Nebelaktion verlassen hatte. Bei seiner überstürzten Flucht gab er weder der Stadt noch den Menschen, die ihn hier kannten, liebten oder hassten die geringste Chance des Abschiednehmens. Dass man auf ihn warten könnte, dass er von jemandem schmerzhaft vermisst würde, ging ihm gar nicht durch den Kopf.

Er fuhr damals als Schwarzfahrer mit dem erstbesten Eilzug ab und kam jetzt mit einem gültigen Billet im 1.-Klasse-Wagen zurück. Der Bahnhof kam ihm klein vor, die Straßen eng und verwinkelt, das ganze Stadtbild war ihm vertraut und doch fremd. Neu war auf jeden Fall die Tatsache, dass ihm von mancher Litfassäule sein eigenes Gesicht zulächelte – das Gesicht eines vertrauten Fremden, dessen Zahnpastalächeln ihn plötzlich so anekelte, dass er den Kopf senkte. Die Plakate zeigten den berühmten Pianisten Tonio Brandt, der von den Kritikern in den Musikhimmel gelobt wurde und dessen Fingerschlag jetzt die Konzertsäle der Stadt K. füllen sollte.

Als er damals geflohen war, kannte ihn kein Kritiker, kein Reporter und kein Impressario. Das wenige Geld, das er durch Klavierunterricht verdiente, reichte kaum für Kost und Logis in einer etwas schäbigen Pension. Jetzt hätte er im nobelsten Hotel der Stadt logieren können, und dennoch tat er es nicht. Es zog ihn in jene lumpige Herberge, in der er damals über einen Zeitraum von einigen Monaten mit Natascha zusammengelebt hatte. Zusammengelebt? Zum ersten Mal stellte er sich die Frage, ob das ein Zusammenleben war. Überhaupt hatte er es peinlich vermieden, an Natascha zu denken und wäre ihm nicht dieses gutbezahlte Engagement in K. angeboten worden, wäre sie für immer vergessen gewesen. Ihre dunklen Augen, ihren elfenbeinenen Teint und die animalische Geschmeidigkeit ihres willigen Körpers hatte er in die unterste Schublade des Erinnerns vergraben.

In einem Straßencafé hatte er sie kennengelernt, besser gesagt erblickt und vereinnahmt. Fasziniert und erregt war er zuerst von der edlen Linie ihres Nackens, um den er sich sehr gut eine Kette oder ein breites Lederhalsband mit einem winzigen Schloss vorstellen konnte. Ihm war es, als hielte er bereits den Schlüssel zu diesem viel zu engen Halsschmuck in seiner geballten Hand. Diese Linie zog sich wie eine unter Stoff verborgene Schlange von der Mitte des Kopfes den Rücken hinab und versteckte ihren Kopf dort, wo er den Ansatz des Pos unter dem weißen, etwas durchsichtigen Kleid vermutete. Er rückte seinen Stuhl näher an ihren Tisch und sah ein Profil, auf dem der Schmelz der Jugend die Unfertigkeit der Züge kaschierte. Als er noch näher rückte und eine Hand auf ihre Schulter legte, wandte sie ihm ein Gesicht zu, dessen Herzstück die Augen eines Rehs waren: Scheu, Unschuld, Neugier, Demut und Zerbrechlichkeit schwammen hier in einem samtenen Braun. Sein Blick wanderte den Hals entlang und verfing sich in dem Ausschnitt, der einen zu strengen BH entblößte. Von diesem Tage an trug Natascha niemals mehr Unterwäsche, es sei denn, er brachte ihr welche und befahl ihr, diese für ihn zu tragen. Meistens waren es Korsagen, deren Schnüre er so fest zusammenzog, dass sie kaum Luft bekam und sich ihre Brüste über den Spitzenansatz wölbten.

Damals im Café sprach er nicht viel – er fragte sie, ob sie Lust hätte, mitzukommen. Als in ihren Rehaugen die Angst mit der Neugier Zwiesprache hielt, fragte er nichts mehr. Er befahl ihr, und seinem Befehl wurde gehorcht.

Sie folgte ihm wie unter Hypnose, sie ging sehr gerade, etwas staksig, mit nach vorne gerichteten Händen, als wäre sie an unsichtbaren Seilen gezogen. Diese Seile waren aus einer Magie gewoben, die dann wirkt, wenn sich uneingestandene Lust, Trieb, Drang und Neugier vereinen. Geraten sie in den Dunstkreis einer Person, die darauf anspricht, setzt der Verstand aus und der Komplex Mensch wird williges, nach Lust und Schmerz dürstendes Fleisch.

Natascha ging mit Tonio K. in das lumpige Hotelzimmer und war nach dem Schließen der Tür dessen Gefangene. Eine Gefangene, die sich nicht aufbäumte, nicht wehrte, sondern die Gefangenschaft wie eine Gnade hinnahm.

Anfangs verschloss er morgens, bevor er zu seinen Klavierstunden oder zum rastlosen Herumirren ging, die Tür. Später tat er es nicht mehr, wohlwissend, dass Natascha sich nicht vom Fleck, den er ihr zugewiesen hatte, rühren würde. Einmal die Woche wurde das Zimmer von einer taubstummen Putzfrau gereinigt – dann brachte Tonio das Mädchen in den Stadtgarten. Mit halbgeschlossenen Augen, einem sphinxhaften Lächeln um die Lippen, saugte sie dort die Sonnenstrahlen in ihr Gesicht und in ihren Körper auf. Die Brutalität der Helle, welche die blauen Flecken und Narben erbarmungslos in Licht tauchten, störten sie nicht.

Je gezeichneter Natascha wurde, desto mehr erregte sich Tonio an ihrem Anblick. Es gab Tage, an denen er ihr befahl, in der Hundestellung vor einem Napf mit Futter zu verharren. Er blieb stundenlang weg, und wenn er zurückkam, fand er im Bad eine Natascha, die am ganzen Körper zitterte: vor Hunger, vor Durst, durch die Stellung, die ihre Glieder versteifte und die Muskeln verkrampfte. Oft war sie von einer glänzenden Schweißschicht überzogen, manchmal hatte sie aber nicht einmal genügend Flüssigkeit zum Schwitzen übrig. Ihre Poren waren leer und der Hals ein rauher, ausgetrockneter Schlund.

Wenn Tonio sie so sah, wenn sie ihren Kopf mit letzter Kraft zu ihm hob und in ihren Augen selbst das Flehen zu ersterben drohte, schlug er ihr ins Gesicht. Dann zog er ihren zitternden, geöffneten Po in die Höhe, schlang ihre Beine waagerecht um seine Schenkel, als wäre sie ein Schubkarren, und drang von hinten in sie ein. Meist hatte sie nicht die Kraft, sich auf ihre Arme zu stützen, und ihr Gesicht fiel in den Napf mit dem schal gewordenen Hundefutter, das sie gierig verschlang.

An anderen Tagen kleidete er sie wie ein Püppchen in gerafften Tüll und flocht blutrote Schleifen in ihr dunkles Haar. Er ließ sie auf dünnen, bis an die Knie viel zu fest geschnürten Ballettschuhen auf den Fußspitzen vor ihm tanzen. Ein Tanz auf eine imaginäre Musik. Er, Tonio, hatte eine Melodie im Kopf und sie, Natascha, sollte den stummen Klang und Rhythmus erahnen und ihm folgen. Ein schier unmöglicher geistiger und körperlicher Balanceakt, nach dem sie wie der berühmte Schwan Tschaikowskis mit gesenktem Haupte niedersank. Er zerriss ihr dann brutal das Federkleid aus Tüll, setzte sie auf seinen Schoß und nahm sie, während er ihre Brüste mit einer Kraft drückte, die man den sensiblen Pianistenhänden niemals zugetraut hätte.

Nach solchen Ausbrüchen besonderer Härte schaute er entsetzt auf seine Finger, griff sich an die schweißbedeckte Stirn und rannte davon – ziellos durch die Stadt, sich immer wieder fragend, warum Natascha all dies mit sich geschehen ließ und warum er einen teuflischen Spaß im Ausdenken neuer Quälereien fand. Seine Phantasie wurde immer brutaler, ihre Kraft immer weniger, und manchmal wünschte er, sie würde fliehen und das Zimmer sei leer, wenn er zurückkäme.

Es war aber nie leer – sie wartete angekettet, nackt oder auf allen Vieren, an Händen und Füßen gefesselt, mit gespreizten Beinen und einem dicken Kolben in der Vagina, oder einfach ungefesselt und in einer Ecke hingekauert auf ihn.

Nur ein einziges Mal bäumte Natascha sich auf, schien verändert und forderte damit jenen Ausfall heraus, der ihn dann zur überstürzten Flucht vor ihr und vor sich selbst getrieben hatte – damals vor fünf Jahren.

Tonio K. war also wieder zurück. An der Rezeption grinste ihn ein unbekanntes, pickeliges Gesicht an – am gleichen fleckigen Tresen wie damals. Die mit einem verschlissenen Läufer ausgelegte Treppe quietschte wie damals, das Schloss klemmte wie damals, die Tür musste in den Angeln angehoben werden – alles eine Kopie des Damals, als wäre die Zeit stehengeblieben und der Raum eine unveränderbare Dimension.

Die Schwelle und die erste Diele krächzte wie ein sterbendes Kätzchen, und sein Blick fiel wie damals auf das Bett. Es war mit einer geflickten Decke abgedeckt, deren ehemaliges Scharlachrot sich im Laufe der Jahre in ein schmutziges Rosa verwandelt hatte. Abgedeckt und leer war das Bett, und dennoch konnte Tonio K. nicht den Blick davon wenden. Aus der Tiefe der Erinnerung schossen Momentaufnahmen all dessen, was sich auf und unter dieser verschlissenen Steppdecke zugetragen hatte.

Als er mit den Fingern zaghaft darüber strich, als könnte er den Stoff verletzen, war es ihm, als hörte er ein tiefes Seufzen, das von nirgendwo und von überall zu kommen schien. Müde ließ er sich aufs Bett fallen und erinnerte sich des Tages, als Natascha sich ihm zu widersetzen versuchte.

Es war einer jener Putztage, an denen sie im Stadtpark wartete. Er ließ sie lange warten, und als er kam, schien sie ihm verändert zu sein. Die Sonne hatte sie frischer, gesunder, kraftvoller gemacht, und der Glanz des braunen Samtes in ihren Augen brachte ihn in Wut. Als Strafe für ihr Wohlbefinden ohne sein Zutun brachte er sie in ein gottverlassenes Waldstück, riss ihr die Kleider vom Körper und fesselte sie an einen Baumstamm. Brust und Gesicht, Bauch und Schenkel wurden brutal an die vernarbte, kratzige Rinde gedrückt. Er zog die Seile so fest an, bis sie sich wie Gräben in ihr Fleisch eingruben. Was ihn erstaunte, war ihr plötzliches Aufbäumen – sie wehrte sich verzweifelt, sie schrie und hörte damit erst auf, als ihr bei den nicht mitgezählten Schlägen mit dem Ledergürtel seiner Hose die Sinne schwanden. Wie leblos hing sie in den Seilen und kam erst zu sich, als er sie auf dem modrigen Waldboden brutal nahm. Sein Schwanz, der bei jedem Schlag dicker und steifer geworden war, drang in ihren Anus. Er bohrte sich tief hinein und brüllte erleichtert auf, als aus dem engen Schlund sein Samen vermischt mit Blut hervorquoll.

Am nächsten Tag war Natascha wie immer – auffallend war nur, wie schnell die Spuren dieses Akts verblassten. Da ihre Haut aber durch die ständige Malträtierung ledern und vernarbt war, dachte er, dass da gar keine neuem Musterungen mehr entstehen könnzen.

Tonio K. saß noch immer gebeugt auf dem Bett und betrachtete entsetzt seine weißen Hände, die am Abend Beethoven spielen würden. Ihm war es, als sähe er auf den Fingerspitzen Blut, das die Sensibilität der Nerven mit einer hässlichen Kruste bedeckte.

Nataschas Blut? Nach so vielen Jahren, wo er doch vor seiner Flucht die Hände auf der Bahnhofstoilette wie wahnsinnig geschrubbt hatte.

Es war jener Abend, an dem er mit einem neuen Korsett nach Hause gekommen war – angefertigt mit seinem letzten Geld in einem Atelier für Utensilien der Lust und des Schmerzes.

Statt Fischbein waren harte Drähte eingearbeitet, statt Spitzenbesatz prangte schwarz angemalter Stacheldraht am Brustsaum und an der Kante, die auf den Schenkeln liegen sollte. Es war ein glänzender, gefütterter Atlasstoff, fest und mit vielen kleinen Löchern durchwirkt, die mit Stickereien verziert waren. Er wusste nicht, warum er bei dem kahlköpfigen Händler auch ein sehr feines, an eine altmodische Hutnadel erinnerndes, Stilett gekauft hatte.

Tonio K. legte dieses teure Gebilde um Nataschas zierlichen Körper und sah Angst und Lust in ihren großen Augen, als die spitzen Drähte des Stacheldrahts ihre Brüste hoben. Der Stacheldraht drückte die Fleischhügel nach oben und bohrte sich gleichzeitig in die Haut unter der Brust. Als er die Schnüre immer fester anzog, drangen die spitzen

Drähte auch in ihre Hüften und in den Ansatz ihrer Scham. Tonio K. stieß das Mädchen auf das Bett, warf sich auf sie und fühlte während des Akts selbst den Schmerz des Stacheldrahtes, spürte die Wärme des Blutes, das aus dem Fleisch perlte.

Einmal Blut gerochen, verfiel er wie eine Bestie in einen Rausch. Sein Penis hatte kein Sperma mehr, aber sein Gemüt eine unendliche Gier sich an und in Blut zu befriedigen. Er fasste nach dem feinen Stilett und begann in jedes handbestickte Loch zu stechen, und aus jedem quoll eine rote Flüssigkeit, die das altrosa Gewebe in ein erregendes Rubinrot verwandelte.

Fleischwunden – nur Fleischwunden, an denen niemand stirbt, nicht mal richtig verletzt wird – beruhigte er sein Gewissen. Das wusste er, und doch packte ihn das blanke Grauen, als Natascha wie ein abgeschlachtetes Tier vor ihm lag. Angst vor sich selbst und vor der Unberechenbarkeit seiner Taten trieben ihn aus dem Zimmer, aus dem Hotel, aus der Stadt.

Tonios Hände zitterten noch immer, und der maßgeschneiderte Anzug lag wie eine klebrige Hülle auf seiner Haut. Als es an die Tür klopfte, sprang er erschrocken auf und versteckte die Hände hinter seinem Rücken. Der pickelgesichtige Junge stand schon im Raum und sagte:

»Das wurde für sie abgegeben. Für Tonio K. , den Pianisten.«

Tonio streckte zögernd die Hände nach dem in braunes Packpapier gewickelten Päckchen aus und fragte heiser:

»Wer weiß denn, dass ich hier bin?«

Grinsend meinte der Junge, dass es doch bei so einer Berühmtheit nicht schwierig sei, den Spuren zu folgen. Man staune aber, warum ein so bekannter Mann gerade hier wohne. Dann ging er, und Tonio öffnete mit einem unguten Gefühl den Deckel der Schuhschachtel und ließ dann das ganze Paket erschrocken fallen.

Was er sofort erkannte, war die gelöcherte, blutbefleckte Korsage und das feine Stilett. Ein Kärtchen flatterte zu Boden – schwerfällig bückte er sich danach und las:

»Ich bin umgezogen. Priesterhausgasse 45, Block 14, Nummer 23. Ich warte auf dich.«

Tonio K. handelte wie unter Zwang, als er die Treppen hinunterstürmte, ein Taxi rief und hektisch die Adresse angab.

Es war die blaue Stunde, jener magische Augenblick, wenn der Tag müde die silbrigen Schläfen neigt, das Abendrot kokett hervortrippelt, um die Nacht zu verführen.

Der Fahrer fuhr pfeifend die schier endlosen Straße entlang und zögerte plötzlich. Erstaunt wandte er sich zu Tonio und sagte, die Nummer 45 gäbe es nicht. Sie waren am Ende der Straße angelangt, und was man sah, waren alte Bäume, und was man roch, waren Blumen – lebende und verwelkte.

»Die Nummer 45 gibt es schon, aber ... aber nun, es ist der Friedhof. »Ich glaube, da hat sich jemand einen Scherz mit ihnen erlaubt.«

Tonio K. wurde noch bleicher, gab dem Fahrer wortlos das Geld und rannte auf das schmiedeeiserne Friedhofstor zu. Es quietschte unangenehm, als er es aufstieß und enthielt auf der Innenseite einen genauen Lageplan der »Blöcke« und »Wohnungen.«

Im hintersten Teil des Friedhofs – dort, wo die knorrigen Bäume ganz dicht standen und der Duft halblebender und faulender Blumen sich mit der Feuchtigkeit der Erde vermischte, fand er das Grab. Ein einfacher Sandstein, aus dem eine marmorne weiße Hand ragte und wie krallend nach den Lebenden fasste. Es dämmerte, er hatte Angst und eine drückende Beklemmung in der Brust. Dann las er die Inschrift:

Geliebter,
kommst du vorbei,
wisse,
du wirst niemals frei
von mir.

Ein kalter Schauer rann vom Nacken über den Rücken und fraß sich in seinen Lenden fest.

Ein Geräusch, ein Rascheln wie von Seide oder fallenden Blättern, ließ ihm das Blut in den Adern gerinnen. Er wagte einen scheuen Blick aus dem Augenwinkel und dann sah er SIE: Nicht weit von dem Sandstein stand sie in dem durchsichtigen lachsfarbenen Kleid, das er ihr einmal geschenkt hatte. Unbeweglich stand sie da, unerschüttert von seinem Schreck und seinem Zweifel, wegzurennen oder das Wesen anzufassen.

»Natascha«, stieß er heiser hervor, »Natascha, wie ist das möglich? Lebst du oder bist du tot?«

Es war zu dunkel, um ihre Gesichtsregungen klar zu erkennen, aber er meinte, ein sarkastisches Lächeln zu sehen und dann hörte er ihr Seufzen.

Das Wesen oder Unwesen wandte sich wie eine Puppe nach rechts, winkte mit gekrümmten Fingern und stakste steif davon – ähnlich wie damals Natascha aus dem Café ging, um bei ihm zu bleiben. Er folgte ihr benommen. Im Licht der Straßenlaterne sah er, wie sich das Fleisch ihres Pos unter dem durchsichtigen Gewebe bewegte – tot und verfault sah es nicht aus, war auch viel zu real für eine ihn verwirrende Halluzination.

Die Angst vor dem Unfassbaren saß ihm wie ein Fleischklumpen im Rachen, aber die Beine gingen der stummen Frau nach, als würden ihn unsichtbare Seile unaufhaltsam ziehen. Es war ein weiter Weg und erst als sie in die Straße der Pension abbog, ahnte Tonio, dass etwas Ungeheuerliches folgen würde.

Am Portier vorbei, stieg sie zielsicher die Treppen hoch, hob die Tür etwas in den Angeln an und sah sich mit leeren Augen im Zimmer um. Sie sprach noch immer kein Wort, und doch erteilte sie mittels Augen und Gedanken Befehle, denen er widerstandslos folgte.

Er legte seine verschwitzten Kleider unter ihren beobachtenden Augen ab und wartete. Das Korsett lag noch auf dem Boden – er hob es auf und legte es ungeschickt um seinen Oberkörper. Sie trat mit sicheren Schritten hinter ihn und schnürte es fest – und fester, als wären nicht Menschenhände, sondern dämonische Kräfte am Werk.

Schauer des Grauens, des Schmerzes und der zu sühnenden Schuld benebelten seinen Blick.

Mit der Spitze ihres Schuhs stieß sie ihn aufs Bett und als er hilflos dalag, versetzte sie ihm mit dem Stöckel einen Schlag in die Hoden. Er schrie nicht, er wehrte sich nicht – er sah nur in Nataschas dunkle Augen, die aus dem Jenseits auf ihn blickten und ihn ins Jenseits ziehen würden.

Da blitzte das Stilett in ihren Fingern, und was ihm trotz der Panik auffiel, war, dass sie es in der linken Hand hielt. War Natascha Linkshänderin? Er wusste es nicht mehr, er wusste nur, dass jedes bestickte Loch des Korsetts jetzt durchstoßen werden würde.

Langsam beugte sie sich über ihn, und ein Hauch von Patchouli, dem Duft der Gruft und der Gräber, schlug ihm ins Gesicht. Sie legte ihre Hände zuerst um seine Eier und quetschte sie zwischen ihren Fingern, die sich sonderbarerweise warm und durchblutet anfühlten.

Doch als sie die Spitze des Stiletts in das erste Loch stieß, sah er keine Natascha mehr. Er meinte, einen augenlosen Schädel zu sehen und die Knochen einer fleischlosen Hand zu spüren.

Tonio K. wollte schreien, aber die Stimme schien bereits gestorben zu sein. Die Tortur gepaart mit der Lust des Schreckens nahm kein Ende.

Der Mond warf fahle Bündel weißen Lichts ins Zimmer und hüllte Natascha in einen gespenstigen Dunst.

Das Blut perlte langsam, rann dann über den Saum der Handarbeit, so dass Muster und Äderungen entstanden, die kein Maler hätte auf Papier bringen können. Endlich war alles vorbei und Tonio K. wusste nicht, ob er noch lebte oder schon tot war.

Die lichtgekleidete Frau zündete eine Kerze an, beleuchtete damit sein schmerzverzerrtes Gesicht und tauchte dann das ihre in den Schein des flackernden Dochts.

Was Tonio in diesem Gesicht sah, waren nicht die Demut und lustvolle Hingabe von damals, sondern Hass und vor allem eine bodenlose Trauer.

Sie befreite ihn von dem Marterkorsett, deckte seinen geschundenen Körper zu und ging wortlos zur Tür. Die Hand schon auf der Klinke drehte sie sich noch einmal um. Eine fremde und doch vertraute Stimme sagte:

»Tonio K. – du Sadist und Pianist. Du hast sie getötet. Nicht deine Dolchstiche. Pah, die sind verheilt, wie deine Wunden heilen werden. Das Warten, die Sehnsucht, dein stummes Gehen haben sie getötet. Sie verkümmerte wie eine Pflanze ohne Regen.«

»Aber, aber«, stotterte Tonio K. »das kann nicht sein. Du lebst doch. Du bist Natascha oder bist du doch ein Geist? Ist das alles eine Inszenierung der Rache und das Grab ist leer?«

Die Frau öffnete die Tür und nachdem sie die quietschende Schwelle überschritten hatte, sagte sie:

»Wusstest du wirklich nicht, dass Natascha eine Zwillingsschwester hatte?«

Wir waren Zwillinge – jetzt bin ich allein. Doch sicher ist:

»Geliebter, kommst du vorbei,
wisse, du wirst niemals frei
von UNS.«

Feuer und Eis

J. Ernst

Es ist ein heißer Sommerabend. Die Luft ist drückend schwül. Es riecht nach kommendem Regen, der aber nicht kommen will, um die Luft zu reinigen und für frische Kühle zu sorgen. Die dicke Luft ist schon in unsere Wohnung vorgedrungen. Alle Bemühungen, mit geöffneten Fenstern das Atmen und Frischfühlen zu erleichtern, schlagen fehl. Ich schaue sehnsüchtig in den grauen Himmel und wünsche mir den ersehnten Regenschauer. Es ist ein ungutes Gefühl, ständig zu schwitzen. Damit ich mich wieder besser fühle, gehe ich ins Bad, um eine kühlende Dusche zu nehmen. Erfrischend lasse ich das lauwarme Wasser über mein Gesicht, meinen Körper, jede Stelle meiner Haut laufen. Mein Duschgel schäumt auf meiner Haut, kühlt sie ab. Gedankenverloren sauge ich den Duft in mich auf, genieße ihn.

Ein kalter Duschstrahl spült den Schaum wieder von mir ab. Er fließt in den Abfluss, aber der erfrischende Duft bleibt zurück auf meiner Haut.

Als ich die Badtüre öffne, schlägt mir sofort wieder die schwüle heiße Luft der Wohnung entgegen. Deshalb beschließe ich, nackt zu bleiben, um die Schwüle besser zu ertragen.

Langsam versinkt indessen die Sonne am Horizont. Da fällt mir plötzlich ein, dass ich heute Abend unbedingt noch einige Kleidungsstücke bügeln muss, die mein Schatz morgen braucht. So baue ich missmutig das Bügelbrett auf und schalte das Bügeleisen an. Da es schon so warm ist, entscheide ich mich auch beim Bügeln nackt zu bleiben, um es etwas erträglicher zu machen. Bis das Bügeleisen aufgeheizt ist, serviere ich meinem Schatz und mir ein kühles Glas Wein. Wir stoßen gemeinsam an, und als ich ihm dabei in die Augen sehe, entdecke ich dieses geheimnisvolle Blitzen, welches bedeutet, dass er gerade irgendwelche gemeinen, netten Ideen ausklügelt. Mit einem Lächeln in den Augen und um seine Mundwinkel spüre ich, wie er gerade meinen nackten Leib von oben bis unten betrachtet. Etwas unsicher lächle ich zurück. In meinem Bauch entsteht ein ängstliches aber auch erfreutes

Kribbeln. Schließlich weiß ich, dass er stets meine Lust im Vordergrund sieht, seien seine Ideen auch noch so niederträchtig.

Nach einem zweiten erfrischenden Schluck aus meinem Glas stelle ich es ab und wende mich meiner Bügelarbeit zu. Ich lege mir alles griffbereit zurecht und fange mit dem ersten Kleidungsstück an. Der heiße Dampf des Bügeleisens schlägt mir unangenehm entgegen, aber es muss einfach heute erledigt werden.

Zur selben Zeit steht er auf, um ins Schlafzimmer zu gehen. Ich kann hören, wie er etwas aus dem Schrank holt und frage mich, was er wohl sucht. Hoffentlich nicht noch mehr Wäsche, die ich bügeln muss.

Er tritt hinter mich. Küsst mich in den Nacken und flüstert mir ins Ohr: »Lass dich nicht bei der Arbeit stören. Ich möchte nur, dass es dir etwas mehr Freude bereitet«. Langsam geht er hinter mir in die Knie, während seine Hand an meiner heißen Haut nach unten gleitet. Immer wieder haucht er einen zarten Kuss auf meinen Körper.

Plötzlich spüre ich etwas Festes, Kühles an meinem linken Bein. Er legt mir eine Lederfessel über meinem Knöchel an. Das gleiche wiederholt sich am rechten Bein. Ich schaue nach unten und sehe, dass an jeder Fessel ein Stück Seil befestigt ist. Er kommt wieder hoch, nimmt meine rechte Hand, in der ich das Bügeleisen halte und stellt dieses ab. Danach legt er mir eine Handfessel am rechten Handgelenk an. Auch daran ist ein kurzes Seilstück angebunden. Mit einem leicht verwunderten Blick drehe ich mein Gesicht zu ihm. Das Glänzen in seinen Augen ist noch größer geworden und ich weiß, dass er gerade dabei ist, seine Idee in die Tat umzusetzen. Lächelnd schaut er mir in die Augen. Dann kehrt sein Blick zu meiner rechten Hand zurück. Er führt mir die Hand zurück ans Bügeleisen und bindet mich mit dem Seil direkt an diesem fest. Anschließend geht er wieder in die Hocke, nimmt das Seil des rechten Beines und bindet es direkt am rechten Fuß des Bügelbrettes an. Darauf folgt das linke Bein. Etwas widerwillig gebe ich dem Zug des Seiles nach und spreize meine Beine, um das Anbinden des zweiten Beines an den linken Fuß des Bügelbrettes zu erleichtern. Etwas erstaunt schaue ich an mir herunter. Ein Bild über das man lachen könnte, aber in mir erzeugt es ein Gemisch aus Erregung, Angst und Ungewissheit. Er tritt hinter mir hervor in die Mitte des Raumes und betrachtet mich genüsslich. »So gefällt es mir schon viel besser«, höre ich ihn mit hämischem Unterton sagen.

Breitbeinig angebunden fahre ich mit Bügeln fort. Der heiße Dampf des Bügeleisens schlägt mir wieder entgegen, nur jetzt bin ich nicht mehr in der Lage einen Schritt zurückzutreten. Allerdings bin ich mir nicht sicher, ob die Schweißperlen, die sich deutlich auf meiner Haut bilden, nur vom heißen Dampf herrühren, oder ob mich das ganze Spiel nicht zum Schwitzen treibt. Aber wieso mache ich mir Gedanken darüber, weshalb ich schwitze? Es ist so, und ich kann nichts dagegen tun!

Während ich mich Stück für Stück vorarbeite, hat er es sich inzwischen auf einem Stuhl vor mir bequem gemacht. Zufrieden mit sich, belächelt er mich und genießt es, mich zu beobachten, während er seinen Wein trinkt. Ich möchte auch wieder einen Schluck trinken, aber wie soll ich an den Tisch kommen, auf dem ich das Glas abgestellt habe? Sehnsüchtig wandern meine Augen zu dem Glas. Er muss dies wohl beobachtet haben, denn er steht auf, geht zum Tisch, greift sich das Glas und kommt damit auf mich zu. Vor mir stehend schaut er mir in die Augen und hält mir mein Glas entgegen. Wie als Antwort auf die Frage, die er nicht gestellt hat, nicke ich mit dem Kopf. Er hält mir das Glas an die Lippen und gönnt mir einen Schluck. Beim Absetzen tropfen einige Spritzer Wein zwischen meine Brüste, sammeln sich dort zu einem großen Tropfen, der langsam über meinen Bauch nach unten fließt. Mit geschlossenen Augen genieße ich den kurzen kühlenden Effekt, bis sich der Tropfen in meinem Schritt verliert.

Plötzlich schlüpft er mit seinem Kopf unter dem Bügelbrett hindurch und holt sich den Tropfen mit seiner Zunge zurück. Ein genießerisches Stöhnen kommt über meine Lippen. Der Wunsch nach mehr wächst. Meine Gedanken fangen an zu kreisen: »Aber wieso hört er denn schon wieder auf? Kann ich ihn auffordern weiter zu machen? Nein, das kann und darf ich nicht. Es steht mir in meiner Rolle nicht zu.« Durch meine Gedankenabwesenheit habe ich nicht bemerkt, dass er inzwischen den Raum verlassen hat. Ich merke es erst, als ich meine Augen wieder öffne. Wissend, dass es nicht meine Bestimmung ist, Lust zu empfinden, wenn ich es will, fahre ich mit dem Bügeln fort. Wieder steigt heißer Dampf vor mir auf, erzeugt neue Schweißperlen, lässt die kurze Erfrischung mit dem Weintropfen in Vergessenheit geraten.

Aus der Küche kommt ein leises Klappern. Die Küchentüre öffnet sich und er kommt mit einer Schüssel in der Hand zurück, stellt diese auf dem Sekretär hinter mir ab, nimmt sich seinen Stuhl und stellt ihn direkt hinter mir auf.

Nun beobachtet er das ganze Spiel von der Rückseite. Ich kann nun nicht mehr sehen, was er tut, was sich in der Schüssel befindet. Ich muss mich auf meine Arbeit konzentrieren, sonst verbrenne ich mir die Hand oder den Bauch am heißen Bügeleisen. Da, ein leises Klappern hinter mir. Aber was ist es? Ich kann das Geräusch nicht zuordnen. Plötzlich spüre ich etwas sehr kaltes zwischen meinen gespreizten Beinen. Ein Eiswürfel. Das war also dieses Klappern. Das kalte Eis schmilzt schnell auf meiner heißen Haut und läuft in einer dünnen Wasserspur an meinen Beinen hinunter. Es erfrischt und ist im selben Moment fast zu kalt. Aber ich kann meine Beine nicht schließen. Ich traue mich nicht, an meinen Fußfesseln zu zerren, schließlich könnte ich dabei mitsamt Bügelbrett und heißem Bügeleisen umfallen, und Brandwunden sind nun wirklich nicht das, was ich will. Also halte ich still, während er mir das kalte Eisstück über meinen Kitzler streicht. Es tut so gut und ist doch gleichzeitig so kalt. Nun ist der Eiswürfel zwischen meinen Schamlippen und bevor ich richtig weiß, was passiert, schiebt er ihn mir tief in meine Grotte. Nach dem ersten kalten Schreck spüre ich auf einmal gar keine Kälte mehr. Da folgt aber schon der 2. Eiswürfel und das Spiel wiederholt sich, dann der 3. und 4. . Jeder verschwindet nacheinander in mir, und währenddessen muss ich krampfhaft weiterbügeln. Als ich nach dem 4. Würfel etwas stocke, fordert er mich sehr bestimmt auf, weiterzuarbeiten. Da, der 5. und gleich darauf der 6. Eiswürfel, der verschwindet. Das Eis kühlt nun meinen Unterleib. Die Kälte breitet sich in meinem Inneren aus. Die ersten Wassertropfen sammeln sich in mir. Das Eis beginnt zu schmelzen. Langsam tropft es aus mir heraus. Die meisten Tropfen laufen an der Innenseite meiner Oberschenkel nach unten. Die Abkühlung tut gut, während sich auf meinem Oberkörper weitere Schweißperlen vom Dampf des Bügeleisens bilden.

Ganz langsam erwärmt sich mein Unterleib wieder. Das Eis scheint inzwischen geschmolzen zu sein. Es tropft auch kein Wasser mehr aus mir. Da beginnt das ganze Spiel wieder von vorne. Ein Eiswürfel nach dem anderen verschwindet wieder in mir. Unbewusst zähle ich mit: 7 ... 8 ... 10 ... Wie viele will er denn noch hinein schieben? Ich muss doch bald ausgefüllt sein: 12 ... 13 ... 14 ...

Es wird so kalt.

Mit dem 15. Eiswürfel lege ich auch das letzte gebügelte Kleidungsstück beiseite.

Er stoppt.

Warum?

Bin ich nun komplett gefüllt? Nein, er löst meine Hand vom Bügeleisen. Ich lege meine Hände auf das noch warme Bügelbrett, um mich daran festzuhalten, während er mich weiter füllt: 16 ... 17 ... 18 ...

Er stoppt wieder. Erneut laufen kalte Wassertropfen an meinen Beinen herunter. Mein Unterleib scheint mit dem Eis eins zu werden. Es wird kälter und kälter. Da spüre ich seine Hand im Rücken, die mich sanft aber bestimmt nach vorne drückt. Ich lege meinen Oberkörper auf dem Brett ab. Feuer und Eis zugleich. Mein ganzer Körper brennt während er mir eiskalt erscheint. Da spüre ich plötzlich warme Haut an meinem Hintern. Er drückt sich von hinten fest gegen mich. Ich spüre seine harte Erregung zwischen meinen Schenkeln. Vorsichtig, aber bestimmt dringt er in mich ein. Meine eiskalte Höhle, die er mit seinem heißen Schwanz zum Schmelzen bringen will. Langsam bewegt er sich in mir vor und zurück. Ich spüre, wie das Eis in mir verdrängt wird, wie es zu schmelzen beginnt. Je mehr er sich in mir bewegt, umso mehr läuft das Schmelzwasser aus mir heraus und meine Beine hinunter. Die Hitze in mir steigt, die Erregung wächst. Ein unbeschreibliches Glücksgefühl nimmt Besitz von mir. Er bewegt sich immer schneller. Ganz tief in mir spüre ich wie seine Lust wächst. Sein heißer Atem streicht mir über den Rücken. Die Lust nimmt voll und ganz Besitz von mir. Alles um mich herum ist unwichtig. Nur noch meine Lust und meine Befriedigung sind mir jetzt wichtig. Mit einem lauten Schrei brülle ich meine Lust heraus. Eine Orgasmuswelle überrollt mich, während er mich immer tiefer und fester stößt. Meine Beine fangen an, vor Lust zu zittern und ich schreie meinen zweiten Orgasmus heraus. Gleichzeitig explodiert er laut stöhnend in mir. Ich spüre, wie seine Liebestropfen in mich fließen, wie das restliche Eis dadurch zum Schmelzen gebracht wird. Befriedigt schmiegt er sich an meinen verschwitzten Oberkörper.

Während wir nun eng umschlungen das Nachwirken unserer Lust genießen, hören wir ein lautes Grollen. Es donnert. Und schon fällt der Regen vom Himmel, um die heiße Luft um uns herum abzukühlen.

Nachtmonster

Woschofius

Es war einer dieser regnerischen Tage, die so typisch für einen deutschen Spätherbst waren. Es roch etwas modrig, und ich spürte, dass sich die Natur auf den Wintertod vorbereitete. Die Kälte kroch von unten in meinen Körper, und ich zog meinen Mantel enger um mich. Es war weit nach Mitternacht, und eigentlich wollte ich schon lange zu Hause sein. Doch der alles durchdringende Regen hielt mich lange davon ab, die Wärme meiner Stammkneipe zu verlassen, um mich auf den kurzen Nachhauseweg zu machen. Aber das Wetter wurde nicht besser, und irgendwann schloss der Wirt schließlich sein Lokal zu und warf die letzten Gäste freundlich aber kurzerhand hinaus. Ich hatte schon ein bisschen viel getrunken und war sehr müde. Jetzt wollte ich nur noch in mein Bett, und nach einer kurzen Verabschiedung von meinen Freunden lief ich los. Das Angebot eines neuen Bekannten, mich nach Hause zu begleiten, schlug ich höflich aber bestimmt aus. Er war zwar ein amüsanter Gesprächspartner gewesen, aber seine Ausdünstungen rochen nach schlechtem und langweiligem Sex... und den konnte ich an jeder Ecke haben. Außerdem war ich heute einfach viel zu müde.

In den letzten Jahren hatte sich zudem eine schleichende Veränderung meines Lustempfindens eingestellt. Aus der Körperlust wurde nach und nach die »Ich kann ihn bekommen«– Lust. Sobald ich spürte, dass er mich wollte, wurde er langweilig wie eine Wiederholung von Hans Meiser. Also machte ich mich lieber alleine auf den Nachhauseweg, nachdem ich ihm noch einen Kuss auf den enttäuschten Mund gegeben hatte.

Natürlich hatte ich keinen Schirm bei mir, und so klebten mir nach wenigen Metern meine Haare wie ein Helm am Kopf fest. Ich entschloss mich, morgen endlich zum Frisör zu gehen um mir eine Kurzhaarfrisur verpassen zu lassen. Die Straßenlaternen spiegelten sich in den Pfützen wider, tausendfach verzerrt durch die einschlagenden Wassertropfen, und nur das helle Platschen meiner Füße begleitete mich durch die Nacht. Ein Taxi fuhr an mir vorbei, und kurz war ich versucht es anzuhalten, um den letzten Kilometer im Warmen zu verbringen. Aber irgendwie unterließ ich es dann doch. Ich bog von der Hauptstraße in eine Seitengasse ein, um den Weg abzukürzen. Einige der alten Straßenlaternen waren ausgefallen, und so gab es immer wieder verdunkelte Wegabschnitte, in denen die Schatten und Äste der Bäume irrwitzige Figuren entwickelten. Sie machten mir etwas Angst, und ich war froh, dass sich diese Kreaturen beim Näherkommen jedes Mal auflösten. Ich begann leise vor mich hin zu pfeifen und drehte mich nochmals um.

Irgendetwas störte mich heute Nacht.

Es war nur ein Gefühl, aber es machte mir Angst. Ich näherte mich erneut einem solchen Schatten der aussah, als ob ein Monster aus der Unterwelt emporgestiegen war, um mich in die Hölle zu ziehen. Der Alkohol benebelte immer noch meine Wahrnehmung, und es fiel mir schwer mich zu konzentrieren. Es war dieses Mal ein großer Monsterbaum mit einem riesigen Kopf, sechs Armen, zwei kräftigen Füßen und einem Schwanz, mit dem er sich am Boden abstützte. Ich schaute ihn etwas unwohl an und wartete darauf, dass er sich wie die anderen auch beim Näherkommen in Äste, Blätter und Schatten auflöste. Doch dieser war hartnäckiger als die anderen, und als ich an ihm vorbei lief, leuchteten zwei grünliche Augen auf, und die Hände griffen schlangengleich nach mir. Ich war so erschrocken, dass ich unfähig zu einer Ausweichbewegung war.

Eine zweite Chance zur Flucht bekam ich nicht mehr.

Zwei seiner Hände pressten meine Arme an meinen Oberkörper und ich öffnete den Mund, um laut zu schreien. Doch bevor ein Ton über meine erschrockenen Lippen kam, verschloss seine dritte Hand meinen Mund. Kleine Wurzeln drangen in meinen Rachen ein, füllten ihn aus und erstickten jeden Ton. Ich musste würgen und bekam panische Angst, dass sich die Wurzeln bis in meinen Magen bohren würden.

»Was haben wir denn da? Eine Menschenfrau... so spät alleine unterwegs.«

Das Wesen sprach mit einer tiefen, murmelnden Stimme.

Nachdem ich meinen ersten Schock überwunden hatte, begann ich mich zu wehren. Ich trat kräftig um mich, aber das ganze Wesen schien aus Holz zu sein. Während es leise kicherte, fing es meine Beine mit zwei weiteren Händen ein und spreizte sie auseinander. Nun war ich völlig wehrlos. Ich hing in diesem Baum, meine Arme an den Oberkörper gepresst, die Beine gespreizt und den Mund verschlossen. Ich verfluchte meine Entscheidung, heute Abend ein kurzes Kleid mit einem großen Ausschnitt angezogen zu haben, denn nun begann das Wesen mit seiner letzten freien Holzhand meinen Körper zu erkunden. Sie schob sich kalt und forsch in meinen Ausschnitt und betastete meine Brüste.

»Ihr Menschen seid so warm und weich... und ich brauche viel Wärme. Ich werde mir deine nehmen.«

Seine Augen fixierten mich, und ich konnte erkennen, dass sich die Augen einzeln bewegen ließen. Sie erinnerten mich an ein Chamäleon. Ein Auge hatte mich im Blick, das andere beobachtete die Umgebung, um Störenfriede rechtzeitig zu entdecken.

Was würde das Wesen tun, wenn jemand kommen würde?

Die kalte, harte Hand betastete mich grob, und seine Rindenhaut kratzte über meine empfindlichen Brustwarzen und zwickte sie heftig. Schließlich verschwand der Tentakel aus meinem Ausschnitt. Irgendwie wurde ich immer müder und schwächer. Ich fror. Es schien mir, als ob das Wesen alle Wärme aus meinem Körper zog.

Aber hatte es nicht genau das gesagt?

Der Regen, der in Kaskaden über seine Blätter nach unten fiel, hatte mich vollständig durchnässt, und mein Kleid klebte an mir wie eine zweite Haut. Der Tentakel glitt nun unter meinen Rock und ich konnte die nach oben wandernde Ausbeulung unter meinem Kleid beobachten. Als es schließlich am Ziel angekommen war, schob es meinen Slip zur Seite. Ich schloss die Augen, als ich spürte wie ein SEHR HARTES Aststück mich vorsichtig abtastete. Das raue Kratzen auf meiner empfindlichen Haut war nur unangenehm, aber dann drang es langsam und schmerzhaft bohrend in mich ein, und eine eisige Kälte machte sich in meinem Unterleib breit. Ich spürte, wie es mich spaltete und von mir Besitz nahm. Nach wenigen Sekunden konnte ich meinen Unterleib nicht mehr spüren und das Taubheitsgefühl wanderte nach oben...

Dann wurde es um mich herum dunkel.

Als ich erwachte, lag ich in meinem Bett. Das helle Licht der Mittagssonne quälte meine Augen. Ich hatte Kopfschmerzen, und ein Dröhnen hämmerte gegen meine Schädeldecke.

»Was für eine Nacht, ich hätte wohl doch lieber nach dem zweiten Bier aufhören sollen.«

Mir war kalt.

Ich wollte aufstehen, um mir eine Schmerztablette zu genehmigen und um die Toilette aufzusuchen. Jetzt fiel mir auch wieder meine Begegnung mit dem Monster ein. Dieser Traum war so real gewesen... oder war es gar kein Traum? Rasch schlug ich die Bettdecke zurück. Ich trug wie immer ein langes T-Shirt und keine Unterwäsche.

Ich war unverletzt... es war wirklich nur ein schrecklicher Alptraum gewesen. Irgendwann würde mir auch wieder einfallen, wie ich nach Hause gekommen war. Ein starker Kaffee und eine Zigarette würden es richten.

Wenn ich nur nicht so frieren würde.

Mit wackeligen Beinen stand ich auf und ging langsam auf die Toilette. Ich setzte mich auf die kalte Klobrille. Aufatmend entleerte ich meine Blase, während ich etwas Klopapier abrollte. um mich damit abzutupfen. Als ich die Spülung betätigen wollte, fielen mir die kleinen, braunen Rindenstückchen auf, die an der Oberfläche meines dunklen Urins schwammen.

Gedichte

Sternenstaub

Woschofius

Sternenstaub fällt in mein Herz
Hingabe geboren aus Schmerz
Ich zeig Dir meinen Garten

Demut hast Du mir geschenkt
Deine Augen tief vor mir gesenkt
So lasse ich Dich warten

Wolfsgeruch liegt in der Luft
An meinen Fingern klebt Dein Duft
Und liebevoll tu ich Dir weh

Du wirst mich in Dir fühlen
Küsse heiße Striemen kühlen
Sternenstaub glitzert wie Schnee

Waldweben

Woschofius

Seelenhauch und tiefe Lust.
Mit Rosenranken fest umschlungen.
möchte ich dich fallen sehn.
Zarte Alabasterbrust,
von Schmerz und Liebe tief durchdrungen.
Zusammen glücklich auferstehn

Weitere Empfehlungen

»Tortura Fortunae« von Woschofius

Eine junge Frau wird bei einer Straftat ertappt und vor die Wahl gestellt, entweder einen Monat als Sklavin zu leben oder angezeigt zu werden. Sie entscheidet sich für ersteres und ihre Welt gerät aus den Fugen. Eine Frau verschwindet, und sie ahnt, dass auch sie in Gefahr schwebt. Doch: Wem kann sie noch trauen? Ein Fest wird vorbereitet.

210 Seiten mit einer fotografischen Liebelei. Hochwertige Broschur mit Schutzumschlag. Liebevoll ausgestattet.

ISBN 3-934521-00-2

»Belladonna« von Annie Sadeau

Das Buch enthält fünfzehn zusammenhängende Geschichten, in derenMittelpunkt eine junge Frau steht, die in physischer, geistiger und sexueller Hinsicht eine radikale Wandlung erlebt. Die souveräne, strenge Geschäftsführerin einer Werbeagentur lernt auf einem Führungs-seminar Dominik, eine starke, dominante Persönlichkeit kennen. Dieser setzt es sich in den Kopf, die so selbstsicher wirkende Frau in sexuelle Abhängigkeit zu bringen. Das anfängliche Sträuben und Aufbäumen Belladonnas weicht immer mehr einer fast selbstlosen Hingabe für ihren Herrn und Gebieter. Am Ende trifft der Leser Belladonna nach mehreren Jahren wieder. War Dominik nur eine kurze Etappe in ihrem Leben oder die Erfüllung eines Lebensziels?

154 Seiten mit einer fotografischen Liebelei. Hochwertige Broschur mit Schutzumschlag. Liebevoll ausgestattet.

ISBN 3-934521-04-5

»Der Luzidus« von Woschofius/ Peron

Die Novelle der »Luzidus« ist Namensgeber des Bandes und entführt Sie in die Zwischenwelten von Traum und Wirklichkeit. 80 schwarz/weiss- Fotografien aus dem Bereich von Fetisch und Sadomasochismus zeigen eine andere Welt der Sexualität. Ein besonderes Highlight ist die für diesen Bildband komponierte CD von Carlos Peron (ex Yello), die die Novelle musikalisch umsetzt.

Bildband im Großformat. 144 Seiten, davon 8 in Farbe. Broschur in Fadenheftung. Schutzumschlag aus Pergament mit Siebdruck. Mit einem Vorwort von Anna Romas. Limitierte Auflage von 500 Expl., von Hand signiert und numeriert.

ISBN 3-934521-03-7

NachtwärtZ-Verlag · Pischekstr. 21 · 70184 Stuttgart